CB056972

Diário do subsolo

Diário do subsolo

FIÓDOR DOSTOIÉVSKI

TRADUÇÃO E NOTAS
OLEG ALMEIDA

MARTIN CLARET

SUMÁRIO

Prefácio	9

DIÁRIO DO SUBSOLO

Primeira parte	19
Segunda parte	55
Sobre o tradutor	129

PREFÁCIO

O SUBSOLO ESPIRITUAL E SEUS HABITANTES[1]

Este *Diário do subsolo* não é a mais conhecida nem a mais extensa das obras dostoievskianas. Contudo, a posição marcante que ela ocupa entre as pérolas da literatura mundial é justificada, na opinião unânime dos críticos e leitores, pela singularidade do seu conteúdo e, mais ainda, pela abrangência das questões filosóficas e psicológicas abordadas nela de maneira direta e, vez por outra, contundente. "Eu queria destacar, tornando-a mais visível para o público, uma das personalidades do nosso passado recente, (...) um dos representantes da geração que ainda está viva" — promete Dostoiévski, numa brevíssima nota autoral que precede o livro, deixando bem claro que o *Diário* não se refere a um indivíduo concreto, e sim a toda uma categoria de pessoas visceralmente ligada ao contexto geral de sua época. Em outros termos, o escritor põe em evidência o tipo social cuja formação ocorreu num dos períodos mais sombrios da história russa, durante três décadas do cruento reinado de Nikolai I.[2]

"Sou um sujeito doente... Sou um sujeito maldoso. Um cara repulsivo eu sou." — assim se apresenta o protagonista do *Diário*. "Agora sou quarentão. Antes eu trabalhava, e agora não trabalho." Além dessas informações esparsas e demasiadamente sucintas, não saberemos quase nada a respeito dele. Até o seu nome será omitido. No decorrer da leitura, conheceremos Anton Antônytch Sêtotchkin, chefe da repartição pública onde esse homem trabalhava; Zverkov, Trudoliúbov, Símonov e Ferfítchkin, seus colegas de escola; Apollon, seu criado mal-encarado e arrogante; afinal, Lisa, a prostituta que ele encontrou

---

[1] *Diário do subsolo* é citado pela edição: Ф.М. Достоевский. Село Степанчиково и его обитатели. Записки из подполья. Игрок. Москва, 1985; стр. 227-324, em que também se baseia a tradução do texto para o português.

[2] Nikolai I, o Inolvidável (1796-1855): imperador russo de 1825 a 1855, cujo governo é considerado um dos mais rígidos em toda a história da Rússia czarista.

numa das aventuras noturnas, sendo todos esses personagens nomeados e descritos, para assim dizer, do lado de fora, mas, em momento algum, a pessoa que conta deles. Em relação a si mesmo o narrador utiliza outro esquema descritivo, pondo em segundo plano a vida real, tanto no pretérito quanto no presente, para compartilhar conosco seu íntimo, seus pensamentos e sentimentos, seus sonhos e pesadelos. Cheio de fúria tardia e de tristeza inútil, seu relato confessional tem por objetivo extravasar as mágoas e decepções acumuladas ao longo de muitos anos e, pouco a pouco, resulta numa exibição masoquista daqueles segredos que nenhum homem de sã consciência divulgaria por mera vergonha. E não há gênero mais apropriado para tal exibição do que o diário escrito num canto escuro e abafado, algures no úmido subsolo petersburguense,[3] transformado pela imaginação mórbida de seu inquilino num verdadeiro inferno. Inferno que existe tão só em sua alma desnaturada.

O herói, ou melhor, o anti-herói de Dostoiévski é um homem metódico. Ele não apenas adapta toda a sua vida, até os últimos pormenores, a certa doutrina moral, mas também insiste em explicá-la, prolixo e importuno, como que pedindo desculpas a quem porventura ler, um dia, sua confissão, ou tentando legitimar os ditos e feitos que, datados de um passado remoto, continuam, não obstante, a incomodá-lo. Cada vez menos elucidativos, seus argumentos acabam por expressar uma das antíteses mais estranhas que a mente humana poderia ter concebido, um dos maiores paradoxos de que jamais tivemos notícia.

Não sou nada.
Nunca serei nada.
Não posso querer ser nada.
À parte isso, tenho em mim todos os sonhos do mundo... —

em aparência, esse antológico trecho de Fernando Pessoa retrata otimamente o homem do subsolo. Ele é, pois, um sonhador que se esconde, atrás de suas quimeras, da realidade, por se achar alheio a ela, malquisto e preterido? Em parte, é mesmo: ora ridículas, ora sublimes, suas fantasias lhe substituem, de fato, as emoções e ações positivas. "Eu,

---

[3] Relativo a São Petersburgo, capital do Império Russo, em que é ambientada a maior parte das obras de Dostoiévski.

por exemplo, venci a todos; todos… viraram pó e veem-se obrigados a reconhecer as minhas perfeições, e eu os perdoo… Poeta famoso e áulico, fico apaixonado; ganho incontáveis milhões e logo abro mão deles em favor da raça humana (…) Todos me beijam, chorando… e eu vou, descalço e esfomeado, pregar novas ideias e derroto os retrógrados…" — deixa-se embalar pelos sonhos e fica feliz com isso. No entanto, a personalidade dele não se limita a este inócuo aspecto onírico, já que os devaneios se deparam, em determinado momento, com os imperativos vitais e perdem, por conseguinte, sua função consoladora. Aí é que começa o martírio! O homem do subsolo se vê incapaz de viver como todo o mundo; os acontecimentos do dia a dia provocam-lhe aversão e temor. Ele se define como "um homem culto e desenvolvido de nossa época" e diz amiúde ser infinitamente superior à gentinha fútil que o rodeia, gaba-se de vários dotes espirituais que teria patenteado ainda na adolescência, porém não faz absolutamente nada para realizar esse pretenso potencial, se não em prol da "raça humana", ao menos para o seu próprio bem-estar. Desanimado com a falta de espaço na sociedade russa, que sente como Tchátski[4] de Griboiédov ou Rúdin[5] de Turguênev, chega a comparar-se a um rato pensante ou "uma espécie de reles mosca (…) que todos andam humilhando e ofendendo". "Todo homem decente de nossa época é e tem de ser covarde e servil. Essa é a condição normal dele" — atinge o narrador o ápice da amargura. "A melhor coisa é a inércia consciente! Então, viva o subsolo!" Quais seriam as causas desta melancolia irremediável: distúrbio psíquico, índole de extrema suscetibilidade ou influências do ambiente? Para esclarecer a dúvida, lembremos como era a Rússia em meados do século XIX. No fim das contas, o personagem de Dostoiévski não surgiu no meio do nada nem foi o único deserdado daqueles tempos.

O regime político que se instaurou na Rússia com a ascensão ao trono de Nikolai I era despótico. Segundo o historiador Serguei Soloviov,[6] esse soberano "gostaria de decepar todas as cabeças que estavam acima do nível comum". Ao reprimir, logo no início de seu governo, o dito

---

[4] Protagonista da comédia *A desgraça de ser inteligente*, de Alexandr Griboiédov (1795-1829).
[5] Protagonista do homônimo romance de Ivan Turguênev (1818-1883).
[6] Soloviov, Serguei Mikháilovitch (1820-1879): historiador russo, autor da monumental *História da Rússia*, em 29 tomos.

levante dos dezembristas[7] (cinco líderes deste foram enforcados, e cerca de 120 participantes reclusos na temida Sibéria), ele desencadeou a mais ferrenha perseguição aos dissidentes e liberais que o país apelidado de "cadeia dos povos" tinha visto até então. O onipotente Terceiro Departamento, cuja tarefa consistia em resguardar a segurança de Estado, passou a coibir, de modo sistemático e cruel, as menores manifestações de revolta, desobediência ou insatisfação na imprensa, nas instituições de ensino e nos meios culturais. Muitos artistas e pensadores russos foram severamente punidos pelas suas convicções opostas à ideologia oficial. Piotr Tchaadáiev[8] foi declarado louco e proibido de escrever, por causa da publicação da *Carta filosófica*, em que criticava a situação da Rússia sob o domínio dos czares; Mikhail Lêrmontov[9] foi preso e mandado para a frente de batalha no Cáucaso, pela sua diatribe *A morte do poeta*, alusiva ao interesse da corte imperial no duelo e morte de Púchkin; Alexandr Polejáiev[10] foi expulso da universidade de Moscou e alistado, à força, no exército, por ter composto um inofensivo poema satírico... e a lista das vítimas ainda está longe de ser encerrada! Aliás, Fiódor Dostoiévski também ficou fora da lei — é difícil acreditar nisso! — pela leitura da censurada carta do crítico Belínski[11] a Gógol, na reunião de um grêmio clandestino. Condenado à pena capital, o futuro autor do *Diário do subsolo* passou minutos de inexprimível terror e desespero diante do pelotão de fuzilamento, e já se despedia da vida, quando a execução foi, de repente, substituída pelo desterro com trabalhos forçados na Sibéria. Anistiado, dez anos depois, por Alexandr II,[12] filho e sucessor de Nikolai I, Dostoiévski usou algumas das suas impressões trágicas para idealizar o caráter de seu personagem, cuja opção de viver no subsolo espiritual teria sido a única alternativa possível de quem preferisse abster-se de quaisquer atividades minimamente nefastas a ser castigado por elas.

---

[7] Tentativa de golpe militar em 14 de dezembro de 1825, organizada pelos fidalgos que visavam a modernização democrática do Império Russo.
[8] Tchaadáiev, Piotr Yákovlevitch (1794-1856): filósofo e jornalista russo.
[9] Lêrmontov, Mikhail Yúrievitch (1814-1841): grande escritor russo, autor de poemas líricos, do drama *Mascarada* e do romance *Herói de nossos tempos*.
[10] Polejáiev, Alexandr Ivânovitch (1804-1838): poeta russo, autor do poema satírico *Sachka*.
[11] Belínski, Vissarion Grigórievitch (1811-1848): o maior crítico literário russo do século XIX.
[12] Alexandr II, o Libertador (1818-1881): imperador russo de 1855 a 1881, que aboliu a servidão na Rússia (1861).

Então, o dilema que o homem do subsolo enfrenta parece irresolúvel: querer e não conseguir; sonhar com algo "belo e sublime", algo que lhe permita, uma vez posto em prática, provar seus talentos extraordinários, mas não poder alcançá-lo, igual a uma ave de asas cortadas; ansiar pela livre expressão de suas ideias, sejam estas quais forem, e confinar-se, o tempo todo, num silêncio medroso. Ao invés dos outros heróis literários que não se deram bem na Rússia czarista, ele não se rebela contra a tirania nem vai para o estrangeiro na tentativa de libertar seu espírito, mas contrai-se, seguindo o conselho de Marco Aurélio,[13] dentro de si, parte para uma "emigração interna", e esse estado anômalo não demora, bem entendido, em levá-lo às consequências soturnas. Como já dissemos, o personagem dostoievskiano se considera superior aos seus próximos e destinado a grandes proezas; dessa forma, a impossibilidade de ultrapassar a sua condição de "uma mosca nojenta e repugnante — embora a mais inteligente, a mais desenvolvida e a mais nobre..." gera-lhe o desejo de vingar-se de todos os opressores reais e imaginários, ou seja, de toda a humanidade que não o reconhece sobre-humano ou simplesmente não repara nele em seu corre-corre cotidiano. Ele não quer padecer sozinho e, sádico, descarrega seu enorme rancor em Lisa, mulher rejeitada e desprezada pela sociedade, que o toma, ingênua, por um homem bondoso, compadecido com as desgraças dela. A tortura moral a que a submete não tem, assim sendo, nenhum motivo plausível, senão a pura e franca vontade de afirmar sua supremacia por conta dos sofrimentos de outrem. "Tinham-me humilhado, e eu também queria humilhar; fizeram de mim um capacho, e eu queria mostrar o poder. (...) Prefiro que o mundo se dane, contanto que eu sempre beba meu chá..." — nestas cínicas frases resume-se o credo amoral dele. Para o homem do subsolo, o altruísmo não vale um tostão furado; é "o seu próprio, livre e independente desejo, o seu próprio, nem que seja o mais selvagem, capricho, a sua fantasia irritada, por vezes, até a loucura" que regem o universo! Não é à toa que Friedrich Nietzsche[14] lobrigou no *Diário do subsolo*, o qual lhe teria causado uma comoção dolorosa, uma

---

[13] Marco Aurélio (121-180): imperador romano em 161-180, autor das *Meditações* filosóficas em que pregava o ideal estoico da autonomia e liberdade interior.
[14] Nietzsche, Friedrich (1844-1900): pensador alemão, cuja filosofia tem a "vontade de poder" como um dos princípios centrais.

das fontes de sua desumana filosofia voluntarista. E muitos leitores sensíveis ficariam, decerto, comovidos, com esse livro nas mãos. É nossa felicidade, diriam, que o carrasco de Dostoiévski não tenha tido a coragem de empunhar um chicote, uma faca ou um revólver!

Publicado em 1864, o *Diário do subsolo* sobreviveu ao seu criador. Deixou numerosos rastros na literatura de ficção, sejam os discursos misantrópicos de Lentz em *Canaã*, de Graça Aranha, o crime absurdo de Meursault em *O estrangeiro*, de Albert Camus, ou semelhantes exemplos não menos característicos, e não só na literatura. Nem sequer precisamos citar as atrocidades do nazismo, cujos apologistas escolheram Nietzsche como seu *maître à penser*, nem as horrendas carnificinas na Bósnia, no Camboja ou em Ruanda, presenciadas por gerações mais recentes. Abramos o jornal de hoje. Quantos massacres e atentados acontecem cada dia, inclusive nos países relativamente prósperos e democráticos, e não há dúvida de que algumas dessas barbáries são perpetradas por quem aspira ao poder irrestrito sobre os fracos e desprotegidos, ou é movido pela sede de vingança imotivada! A quantidade e a truculência dos "homens do subsolo" não diminuem em razão do progresso técnico e intelectual, mas, pelo contrário, aumentam à medida que crescem a desigualdade e estratificação do mundo contemporâneo, portanto a advertência concernente a eles, feita por Dostoiévski no século retrasado, continua em pleno vigor. Estejamos alertas!

Oleg Almeida

Diário do subsolo

PRIMEIRA PARTE

O SUBSOLO

 Tanto o autor deste diário quanto o "Diário" em si são, bem entendido, fictícios. No entanto, as pessoas que escrevem tais diários não apenas podem como devem existir em nossa sociedade, considerando aquelas circunstâncias em que a nossa sociedade se formou de modo geral. Eu queria destacar, tornando-a mais visível para o público, uma das personalidades do nosso passado recente. Seria um dos representantes da geração que ainda está viva. Neste trecho intitulado "O subsolo", a pessoa em questão se apresenta a si mesma, expondo suas opiniões e como que buscando esclarecer os motivos pelos quais ela surgiu e não podia deixar de surgir em nosso ambiente. O trecho a seguir é um verdadeiro "diário" dessa pessoa, sobre alguns acontecimentos de sua vida.

Fiódor Dostoiévski

I

Sou um sujeito doente... Sou um sujeito maldoso. Um cara repulsivo eu sou. Acho que o meu fígado está mal. Aliás, não entendo patavina de minha doença e nem sequer sei o que me dói. Jamais me tratei nem me trato hoje, com todo o respeito pela medicina e pelos doutores. Ainda por cima, ando supersticioso ao extremo, digamos, a ponto de respeitar a medicina. (Sou instruído o suficiente para não ter superstições, mas, ainda assim, tenho-as.) Não, eu não quero tratar-me por maldade. Sem dúvida, os senhores não se dignam a compreender isso. Pois bem, mas eu compreendo. É claro que não poderei explicar-lhes a quem, exatamente, prejudicarei, nesse caso, com a minha maldade: eu bem sei que nem aos doutores causarei algum dano, pelo fato de não recorrer a eles. Eu sei, melhor do que qualquer outra pessoa, que tudo isso não vai agredir a ninguém, mas tão só a mim mesmo. Contudo, se não me trato, é por maldade. Dói-me o fígado, então que doa mais ainda!

Já faz tempo que vivo dessa maneira: uns vinte anos. Agora sou quarentão. Antes eu trabalhava, e agora não trabalho. Era um funcionário maldoso. Era bruto e achava prazer nisso. Não cobrava propina, por consequência, devia gratificar-me, ao menos, com isso. (A piada é ruim, mas não vou apagá-la. Escrevi-a pensando que ficaria muito cáustica, mas agora, vendo que não passa de um chiste nojento, não a apagarei de propósito!) Quando os requerentes se achegavam à minha mesa e pediam informações, eu rangia os dentes contra eles e, conseguindo magoar alguém, sentia um prazer inexorável. Conseguia quase sempre. Em sua maioria, era gentinha tímida: sabe-se como são os requerentes. E quanto aos descarados, não suportava, notadamente, um oficial. Ele não se rendia de modo algum, e o seu sabre fazia um barulho abominável. Durante um ano e meio, lutei com ele por causa daquele sabre. Venci, afinal. Ele parou de fazer barulho. De resto, aquilo se deu ainda na minha juventude. Porém, os senhores sabem qual era o ponto alto de minha maldade, em que consistia o maior asco daquele negócio todo? É que a cada instante, até nos momentos mais ácidos, eu me reconhecia, cheio de vergonha, nada maldoso nem mesmo exasperado, sabendo que não fazia outra coisa senão espantar, em vão, os pardais e consolar-me com isso. Estou espumando de fúria, mas tragam-me algum brinquedinho, deem-me chazinho com açucarzinho, e eu talvez me acalme. Até ficarei enternecido, cá na alma, embora passe, mais tarde, a ranger os dentes contra mim mesmo e, de tanto vexame, sofrer de insônia por alguns meses. Este é o meu hábito.

Acabei de mentir dizendo que era um funcionário maldoso. Menti por maldade. Apenas me divertia por conta daqueles requerentes e daquele oficial, mas, no fundo, nunca me tornara maldoso. A cada instante, percebia dentro de mim muitíssimos elementos opostos àquilo. Sentia-os fervilharem dentro de mim, aqueles elementos opostos. Sabia que eles tinham fervilhado toda a minha vida, pedindo para eu os soltar fora, mas não os deixava saírem e não deixava adrede. Eles me atormentavam até a vergonha, levavam-me às convulsões e finalmente me aborreceram — e como aborreceram! Não acham, meus senhores, que me arrependa agora de alguma coisa, na sua frente, e que lhes peça perdão por alguma coisa?... Acham, sim, estou certo disso... Aliás, asseguro-lhes que, mesmo se o acharem, para mim não fará diferença...

Não consegui, pois, tornar-me nem homem maldoso nem homem algum: maldoso, bondoso, vil, probo, herói ou inseto. Agora levo a minha vidinha aqui, no meu canto, provocando-me com esse maligno e imprestável consolo de que um homem inteligente não pode tornar-se ninguém sério e que só um bobo se torna alguém. Sim, um homem inteligente do décimo nono século tem o dever e a obrigação moral de ser um ente irresoluto por excelência, devendo um homem resoluto e ativo ser um ente por excelência limitado. Tal é a convicção dos meus quarenta anos. Agora tenho quarenta anos, mas quarenta anos é uma vida inteira, é a mais profunda velhice. Viver além dos quarenta anos é indecente, baixo e amoral! Respondam sincera e honestamente: quem vive além dos quarenta anos? Eu lhes direi quem vive: os bobos e cafajestes vivem. Direi isso na cara de todos os macróbios, de todos aqueles macróbios respeitáveis, de todos aqueles perfumosos macróbios de cabeça branca! Direi isso na cara de todo o mundo! Tenho o direito de falar assim, porque eu mesmo chegarei aos sessenta anos. Chegarei aos setenta anos! Chegarei aos oitenta anos!... Esperem! Deixem-me tomar fôlego...

Talvez os senhores achem que eu queira fazê-los rir? Erraram nisso também. Não sou, de jeito nenhum, tão alegre quanto lhes pareço ou posso parecer. Aliás, se os senhores, irritados com toda essa tagarelice (e eu já sinto que estão irritados), decidirem perguntar-me quem sou precisamente, vou responder-lhes: sou um servidor público. Eu trabalhava para ter o que comer (unicamente para isso) e, quando um dos meus contraparentes me deixou, no ano passado, seis mil rublos[1] em termos do testamento, não demorei em pedir demissão e acomodei-me no meu cantinho. Já morava nesse canto antes, mas agora me acomodei nele. Meu quarto é tosco, ruim e fica nos confins da cidade. Minha criada é uma mulher da roça, velha e má por tolice, e dela, para completar, sempre vem um fartum. Dizem que o clima petersburguense começa a prejudicar-me e que é muito caro viver em Petersburgo com os meus recursos ínfimos. Sei tudo isso, melhor do que todos aqueles conselheiros e sabedores experientes e complacentes. Mas fico em Petersburgo e não vou deixar Petersburgo! Não vou, porque... Eh, mas é tudo igual, se for embora ou ficar por aqui.

Em suma: de que um homem decente pode falar com o maior prazer? Resposta: de si mesmo.

Pois então vou falar de mim mesmo.

II

Agora, meus senhores, eu quero contar-lhes, desejem ou não desejem escutar isso, por que não consegui tornar-me nem um inseto. Solenemente lhes digo que várias vezes quis tornar-me um inseto. Mas nem isso me foi concedido. Juro-lhes, meus senhores, que ser por demais consciente é uma doença, uma verdadeira e rematada doença. Para o uso humano bastaria, até dizer chega, uma ordinária consciência humana, isto é, metade ou três quartos daquela porção que cabe a um homem desenvolvido de nosso infeliz décimo nono século, homem cuja infelicidade particular consiste, além disso, em habitar Petersburgo, a mais

---

[1] Moeda russa equivalente a cem copeques.

abstrata e premeditada cidade de todo o globo terrestre. (As cidades podem ser premeditadas e não premeditadas.) Seria, por exemplo, bem suficiente aquela consciência com a qual vivem todos os homens comuns e ativistas ditos naturais. Aposto que os senhores creem que eu escreva tudo isso por farsa, a fim de caçoar dos ativistas, e, ainda por cima, faça barulho com o sabre, por farsa de mau gosto, igual àquele meu oficial. Mas quem é que pode, meus senhores, vangloriar-se de suas próprias doenças e transformá-las, ademais, numa farsa?

De resto, não apenas eu, como todos fazem isso: vangloriam-se de suas doenças, e eu, talvez, mais que todos. Não vamos discutir, a minha objeção é absurda. Contudo, estou bem persuadido de que não só a consciência demasiada, como também qualquer consciência é uma doença. Afirmo isso. Deixemos este assunto por um minuto. Digam-me o seguinte: por que naqueles momentos, sim, naqueles mesmos momentos em que tinha a maior capacidade de perceber todas as minúcias de "tudo o que fosse belo e sublime", como a nossa gente dizia outrora, eu não apenas percebia, mas já fazia, como que de propósito, tais coisas feias, tais coisas que... pois bem, numa palavra, coisas perpetradas, quiçá, por todos, mas que eu mesmo perpetrava, como que de propósito, exatamente quando tinha a maior consciência de não precisar nem um pouco delas? Quanto mais percebia o bem e todo aquele "belo e sublime", tanto mais me afundava no meu lodo e mais tinha a capacidade de atolar-me nele por completo. Mas o traço principal era que tudo isso não estaria dentro de mim casualmente, mas deveria ser assim mesmo. Não seria, em caso algum, uma doença nem um azar, mas sim o meu estado mais normal, tanto assim que a minha vontade de lutar contra esse azar acabou passando. Afinal, quase acreditei (ou talvez tivesse acreditado de fato) que era mesmo o meu estado normal. E bem no começo, logo de início, quantos sofrimentos eu aturei nessa luta! Não acreditava que isso se desse com os outros, portanto guardava isso, a vida toda, em mim, como um segredo. Estava envergonhado (até pode ser que continue envergonhado), chegando a sentir um oculto, anormal e sujo prazerzinho em retornar, às vezes, numa asquerosa noite petersburguense, para o meu canto e perceber, com toda a nitidez, ter cometido nesse dia mais uma vileza, de novo irreversível, e em roer, roer a mim mesmo, interna e secretamente, com os dentes por causa disso, serrar e sugar a mim mesmo até que a amargura se convertesse, enfim, numa doçura maldita e infame, e depois num deleite sério e definido! Num deleite, sim, num deleite! Afirmo isso. Comecei a falar a respeito, porque queria saber na certa: os outros têm tais deleites? Explico-lhes: o deleite vinha justamente da percepção demasiada de minha humilhação, de tu mesmo sentires que chegaste ao último paredão, que isso é ruim, mas não pode ser de outra maneira, que já não tens saída, que nunca mais te tornarás outra pessoa, que mesmo se sobrassem ainda tempo e fé para te transformares em algo diferente, tu não irias, por certo, querer essa transformação, e se a quisesses, tampouco farias nada por não teres, talvez, na realidade, em que te transformar. No fim das contas, o principal é que tudo isso acontece em virtude das normais e essenciais leis da consciência reforçada e da inércia que resulta diretamente dessas leis; por conseguinte, tu não apenas não consegues transformar-te, mas sequer podes fazer alguma coisa. Deduz-se, por exemplo, com a consciência reforçada que a gente é vil, como se a sensação de ser realmente vil consolasse um vilão. Mas basta... Eh, quantas asneiras disse, e o que expliquei?... Como é que se explica tal deleite? Mas vou explicar! Levarei o negócio a cabo! Foi para isso, inclusive, que tomei a pena...

Eu tenho, por exemplo, um amor-próprio horrível. Sou melindroso e suscetível, como um corcunda ou um anão, mas houve, na verdade, tais momentos em que teria ficado, quem sabe, contente, caso alguém me tivesse esbofeteado. Falo sério: decerto teria conseguido achar naquilo também uma espécie de prazer — bem entendido, um prazer do desespero, pois é no desespero que residem os gozos mais ardentes, sobretudo, quando compreendes em demasia o impasse de tua situação. E quanto à bofetada, vem dela a consciência esmagadora daquela lama com que foste mesclado. E o essencial, pensem o que pensarem, é que, ainda assim, sempre sou o primeiro culpado de tudo, e que, mais ofensivo ainda, sou culpado sem culpa, digamos, por leis da natureza. Sou culpado, primeiro, por ser mais inteligente que todos ao meu redor. (Sempre me achei mais inteligente que todos ao meu redor e, certa vez, não sei se me acreditam, até me envergonhei com isso. Pelo menos, olhei, a vida toda, como que para o lado e nunca pude olhar direto para os olhos das pessoas.) Enfim, sou culpado, porque, mesmo se houvesse em mim magnanimidade, eu mesmo sofreria ainda mais com a consciência de toda a sua inutilidade. Sem dúvida, não poderia fazer nada por magnanimidade: nem perdoar o ofensor que me bateu, sabe-se lá, por leis da natureza, as quais não podem ser perdoadas, nem esquecer a ofensa, porque as leis da natureza são leis, mas não deixou de ser uma ofensa. Mesmo se não quisesse, finalmente, ser nada magnânimo, mas, pelo contrário, desejasse vingar-me do ofensor, nem ali conseguiria vingar-me de ninguém por coisa nenhuma, porque não me atreveria, com certeza, a fazer algo, ainda que pudesse. Por que não me atreveria? Quero dizer sobre isso duas palavras em separado.

III

Como se faz isso, por exemplo, no meio das pessoas que sabem vingar-se e, de modo geral, defender-se? Quando o sentimento de vingança se apossa delas, nada mais fica, nesse meio-tempo, em toda a sua essência, à exceção desse sentimento. Um senhorzinho desses arroja-se direto ao seu objetivo, feito um touro enfurecido, de chifres para baixo, e tão somente um muro é que pode detê-lo. (A propósito: é frente ao muro que tais senhores, ou seja, os homens e ativistas naturais, sinceramente se rendem. Para eles, o muro não é um obstáculo, como, por exemplo, para nós, homens que pensam e, em razão disso, não fazem nada, nem um pretexto para se desviarem do seu caminho, pretexto em que nossa gente, de ordinário, não acredita, embora sempre se regozije com ele. Não, eles se rendem com toda a sinceridade. O muro representa, para eles, algo apaziguador, algo definitivo e moralmente resolutivo, talvez até algo místico... Mas falaremos sobre o muro mais tarde.) Pois bem, é esse mesmo homem natural que eu considero um homem normal, um homem de verdade, tal como queria vê-lo a própria natureza, mãe terna, gerando-o amavelmente na terra. Invejo um homem assim até a extrema bílis. Ele é tolo — isso eu não discuto com os senhores —, mas é possível que um homem normal tenha de ser tolo, como é que se sabe? Talvez isso seja muito bonito. E fico cada vez mais seguro da minha, digamos assim, maldosa suspeita de que, tomando como exemplo a antítese do homem normal, isto é, um homem de consciência reforçada, o qual não provém, certamente, do seio da natureza, e sim de uma retorta (é quase misticismo, meus senhores, mas disso também eu suspeito), este homem da retorta se renda, às vezes, perante a sua antítese, a ponto de achar francamente que, com toda a sua consciência reforçada, ele nem gente seja, e sim um rato. Este daqui é um rato, ainda que tenha consciência reforçada, e aquele ali é um homem, destarte... etc. E o essencial: ele próprio se acha um rato, sem ninguém lhe pedir isso, e esse é um ponto importante. Agora examinemos aquele rato em ação. Suponhamos, por exemplo, que ele também esteja ofendido (e ele quase sempre está ofendido) e também queira vingar-se. Talvez acumule em si ainda mais raiva do que o "l'homme de la nature et de la vérité".[2] Talvez a vil e baixa vontadezinha de causar ao ofensor o mesmo mal venha a roê-lo mais ainda do que ao "l'homme de la nature et de la vérité", porque o "l'homme de la nature et de la vérité", devido à sua tolice inata, simplesmente toma a sua vingança como justiça, enquanto o rato, em razão da sua consciência reforçada, nega que haja justiça nesse caso. Chega-se, afinal, ao próprio negócio, ao próprio ato da vingança. Além da sua vileza inicial, o desgraçado rato já amontoou, à sua volta, tantas outras vilezas em forma de perguntas e dúvidas, juntando a uma só questão tantas outras questões não resolvidas, que involuntariamente se forma ao seu redor uma fatal imundice, uma fétida lama composta de suas dúvidas, suas preocupações e, por fim, de cuspidas com que o recobrem os ativistas naturais a rodeá-lo, solenemente, como juízes e ditadores, rindo-se dele com toda a força de sua goela sadia. É claro que só lhe resta cumprimentá-los com sua patinha e esgueirar-se para a sua fresta, todo envergonhado, mas exprimindo, com um sorriso falso, aquele desprezo em que ele mesmo não acredita. Aí, nesse seu execrável e fedorento subsolo, o nosso ofendido, machucado, escarnecido rato mergulha, de pronto, num frio, venenoso e, o essencial, sempiterno rancor. Durante quarenta anos a fio, ele vai recordar a sua mágoa até os últimos e os mais vergonhosos detalhes, acrescentando por conta própria, todas as vezes, detalhes mais infamantes ainda, malvadamente irritando e provocando a si mesmo com sua fantasia. Estará envergonhado com essa fantasia, mas, não obstante, recordará tudo, arrolará tudo, inventará a seu próprio respeito histórias do arco-da-velha, sob o pretexto de terem podido acontecer de igual maneira, e nada perdoará. Começará porventura a vingar-se, mas de maneira irregular, a migalhas, debaixo dos panos, à socapa, sem confiar em seu direito de desforrar-se

---

[2] O homem da natureza e da verdade (em francês).

nem no sucesso de sua desforra, e sabendo de antemão que sofrerá, com todas as suas tentativas vingadoras, cem vezes mais do que o objeto daquela vingança, o qual nem dará, talvez, uma piscadela. No leito de morte recordará, novamente, tudo, com juros acumulados nesse tempo todo e... No entanto, nesse estado frio e abominável de meia crença e meio desengano, nesse consciente sepultamento, por mágoa, de ti próprio, vivo, no subsolo por quarenta anos, nesse impasse de tua situação, obstinadamente criado e, ainda assim, duvidoso em parte, em todo aquele veneno dos desejos não satisfeitos e arraigados dentro, em toda aquela febre das hesitações, das decisões tomadas para sempre e dos arrependimentos que voltam ao cabo de um minuto, é que se concentra a seiva daquele estranho deleite do qual eu falei. Ele é tão sutil e, às vezes, tão inconcebível que as pessoas minimamente limitadas, ou até mesmo as que têm nervos de aço, não compreendem sequer um traço dele. "Talvez não compreendam ainda aquelas pessoas — acrescentarão os senhores com um sorrisinho — que nunca levaram um tapa..." — e, desse modo, aludirão cortesmente que eu também tenha levado, quem sabe, um tapa na minha vida e, por essa razão, venha falando como conhecedor. Aposto que os senhores pensam assim. Acalmem-se, meus senhores, eu não levei tapas, conquanto me seja indiferente o que estão pensando. Talvez eu mesmo lamente ter distribuído, na minha vida, poucas pancadas. Mas chega, nem uma palavra a mais sobre esse tema que os interessa demasiado.

Continuo a falar, com tranquilidade, daquelas pessoas com nervos de aço que não compreendem certo requinte dos prazeres. Por exemplo, esses senhores berram, em alguns casos, a estourar a goela, que nem os touros, e isso lhes proporciona, suponhamos, a maior glória, mas ante uma impossibilidade, como já disse, eles logo ficam conformados. A impossibilidade quer dizer um muro de pedra? Que muro de pedra? Bem entendido: as leis da natureza, as conclusões das ciências naturais, a matemática. Quando provarem, por exemplo, que tu descendes de um macaco, não adianta fazeres caretas, aceita isso como está. Quando provarem que, no fundo, uma gotícula de tua própria gordura deve ser para ti mais cara que cem mil semelhantes teus, e que, em função disso, serão finalmente resolvidas todas as ditas virtudes, obrigações e outras bobagens e cismas, aceita isso como tal: não há nada a fazer, porque duas vezes dois é matemática. Tentem contestar isso.

"Misericórdia — gritarão arredor —, não se pode protestar, pois duas vezes dois são quatro! A natureza não o consulta, não se importa com seus desejos nem pergunta se o senhor gosta ou não gosta das leis dela. Cumpre-lhe aceitá-la tal como é, e, consequentemente, todos os seus resultados. O muro significa muro... etc., etc." Pelo amor de Deus, o que é que tenho a ver com as leis da natureza e da aritmética, caso não goste, por algum motivo, daquelas leis e de que duas vezes dois sejam quatro? Não conseguirei, bem entendido, quebrar o tal muro com a minha testa, se não tiver, na realidade, forças para tanto, mas tampouco me conformarei com ele somente por ser um muro de pedra e por me terem faltado forças.

Como se esse muro de pedra realmente fosse apaziguador e contivesse, de fato, alguma verdade universal pela única razão de ele ser duas vezes dois. Ó disparate dos disparates! Outra coisa é tudo perceberes e compreenderes todos os impasses e muros de pedra; é não te conformares com nenhum desses impasses e muros de pedra, tendo asco de conformar-te; é chegares, por meio das mais inevitáveis combinações lógicas, às mais repugnantes conclusões relativas ao eterno assunto de que até o muro de pedra teria surgido, de certa forma, por tua culpa, embora te seja claro e evidente que não és culpado; é ficares, em decorrência disso, lascivamente inerte, rangendo, calado e impotente, os dentes, sonhando que nem tens, desse modo, com quem te zangar, pois não há e talvez nunca haja objeto, pois há engano, fraude e safadeza, pois há simplesmente imundice. Não se sabe quem nem o quê, mas, apesar de todas essas desinformações e fraudes, dói-te alguma coisa, e quanto menos sabes disso, mais dores sentes!

IV

— Ah-ah-ah! Mas depois disso o senhor descobrirá prazer até na dor de dentes! — exclamarão os senhores, risonhos.

— Por que não? Há prazer nessa dor de dentes — responderei. — Sei que há: os meus dentes doeram um mês inteiro. Nesse caso, não te zangas, por certo, silenciosamente, mas estás gemendo, porém teus gemidos não são sinceros, há neles malícia, e na malícia é que reside a diferença toda. Nesses gemidos é que se traduz o prazer de quem sofre:

se não achasse prazer neles, não gemeria. É um bom exemplo, meus senhores, e vou desdobrá-lo. Nesses gemidos expressa-se, primeiro, toda a inutilidade da sua dor, humilhante para a consciência da gente, toda a legitimidade da natureza, para a qual os senhores, bem entendido, cospem, mas da qual, ainda assim, sofrem, e ela não. Expressa-se a consciência de que os senhores não têm inimigo, e, sim, uma dor; a consciência de que, com os mais variados Wagenheim,[3] são plenamente escravizados pelos seus dentes; de que, se alguém lá quiser, os seus dentes pararão de doer, e, se não quiser, vão doer mais três meses; de que, afinal, continuando os senhores inconformados e protestando ainda, somente lhes resta fustigar, para seu próprio consolo, a si mesmos ou dar umas punhadas fortes em sua parede, e nada mais que isso. Pois bem, são essas sangrentas mágoas, são essas zombarias, de não se sabe quem, que desencadeiam, por fim, o prazer que, às vezes, chega ao deleite supremo. Peço-lhes, meus senhores, prestem, um dia, atenção aos gemidos de um homem culto do décimo nono século que padece de dentes, digamos, no segundo ou terceiro dia da sua enfermidade, quando ele começa a gemer diferente do que no primeiro dia, ou seja, gemer não só de ter dor de dentes, não como um rude camponês, mas igual a uma pessoa tocada pelo desenvolvimento e pela civilização europeia, igual a uma pessoa que, segundo hoje se diz, "renunciou ao solo e aos princípios populares". Seus gemidos se tornam algo malignos, nocivamente maldosos e duram dias e noites inteiros. E ele próprio sabe que não tirará nenhum proveito desses gemidos; sabe, melhor que todos, que está irritando e dilacerando, em vão, a si mesmo e a outrem; sabe que até o público, perante o qual faz esforços, e toda a sua família já se acostumaram com ele, cheios de asco, não lhe dão crédito por um vintém e entendem, dentro de si, que bem poderia gemer de outra maneira, mais simples, sem trinos nem esquisitices, pois não faz outra coisa senão se divertir, por mera malícia e por maldade. É nessas consciências e nesses vexames, enfim, que consiste o gozo. "Digamos, atormento-os, rasgo-lhes o coração, não deixo ninguém dormir nesta casa. Então não durmam, sintam, vocês também, a cada instante, que os meus dentes doem. Para vocês, não sou mais aquele herói que antes queria parecer, mas tão só um reles homúnculo, um miserável. E que

---

[3] Família de dentistas bem conhecidos em São Petersburgo, na época de Dostoiévski.

assim seja! Estou muito contente de vocês me terem desmascarado. Não gostam de ouvir meus gemidos ruinzinhos? Que sejam maus mesmo; êta que trinado mais vil vou fazer-lhes agora...". Ainda não compreendem, senhores? Não, precisam, pelo visto, ir mais fundo, desenvolver mais a sua consciência para chegarem a entender todos os meandros desse deleite! Estão rindo? Fico muito contente. É verdade, senhores, que minhas piadas são de mau gosto, ásperas, confusas e autodesconfiantes. Mas isso porque eu mesmo não me respeito. Será que um homem consciente pode ter algum respeito por si próprio?

V

Será possível, será mesmo possível um homem, que ousou procurar deleites até no sentimento de sua humilhação, ter o menor respeito em relação a si próprio? Não falo nisso agora por alguma contrição adocicada. Em geral, não aguentava dizer "Perdão, papaizinho, não faço mais isso", não porque era incapaz de dizê-lo, mas, pelo contrário, exatamente por ser, quem sabe, muitíssimo capaz disso! Metia-me, como que de propósito, em encrencas, mesmo quando não tinha um pingo de culpa. Aquilo era mais vil do que tudo. Entretanto ficava de novo enternecido, cá na alma, arrependia-me, vertia lágrimas e, com certeza, enganava a mim mesmo, conquanto não me fingisse nem um pouco. O coração é que fazia vilezas... Não se podia, então, acusar novamente as leis da natureza, embora essas leis mais me magoassem por toda a minha vida, constantemente. Dá nojo lembrar-me daquilo tudo, e já naquele tempo dava nojo. É que, passado um minuto só, eu voltava a perceber, com raiva, que tudo aquilo era mentira, mentira, falsa e execrável mentira, quer dizer, todos aqueles arrependimentos e enternecimentos, todos aqueles votos de renascença. E perguntem-me por que tanto me retorcia e machucava! Resposta: era tedioso demais ficar de braços cruzados, por isso me dava a esquisitices. É, de fato, assim. Prestem mais atenção, meus senhores, a si mesmos, aí vão entender que é assim. Eu mesmo inventava minhas aventuras e forjava minhas vidas para viver, ao menos, de alguma forma. Quantas vezes me via, por exemplo, magoado assim tão sem razão, por mágoa; é quando tu mesmo sabes que ficaste magoado sem razão, que te deixaste levar, porém insistes em afligir-te a ponto de ficares, enfim, magoado de verdade. Por toda a minha vida, tinha vontade de pregar tais peças, tanto assim que acabei perdendo o poder sobre mim mesmo. Uma vez, até queria apaixonar-me à força; não, duas vezes. Estava sofrendo, senhores, asseguro-lhes. Não acreditas, cá no fundo da alma, que estejas sofrendo, sentes o escárnio se remexer, mas sofres, não obstante, e, ainda por cima, da maneira mais verdadeira e rematada: enciumas-te, impacientas-te... E tudo por tédio, meus senhores, tudo por tédio, por opressão da inércia. É que o direto, legítimo e imediato fruto da consciência é a inércia, ou seja, o consciente cruzar dos braços. Já mencionei isso antes. Repito-lhes e saliento: todos os homens e ativistas naturais são ativos por obtusidade e limitação. Como explicar isso? De modo seguinte: devido às suas limitações, eles tomam as causas imediatas e secundárias pelas primordiais e, dessa maneira, persuadem-se, com mais rapidez e facilidade do que os outros, de terem encontrado o fundamento incontestável de seu negócio e apaziguam-se, o que é crucial. É que, para entrar em ação, é necessário antes ficar totalmente calmo e não ter mais nem sombra de dúvidas. E de que jeito, por exemplo, eu me acalmarei? Onde estão as causas primordiais em que possa apoiar-me, onde estão os fundamentos? De onde os tirarei? Venho exercitando a minha mente, portanto qualquer uma das minhas causas primordiais logo acarreta outra causa, mais primordial ainda, e assim por diante, até o infinito. A essência de toda consciência e mentalidade é essa mesma. Por conseguinte, são outra vez as leis da natureza. Qual é, afinal, o resultado? A mesma coisa. Lembrem como eu falei, há pouco, da vingança. (Os senhores decerto não se compenetraram.) Foi dito: o homem se vinga por achar nisso justiça. Quer dizer, ele achou a causa primordial, o fundamento, a saber: a justiça. Assim sendo, ele se acalma de todo e vinga-se, por consequência, com tranquilidade e bom êxito, convencido de estar fazendo uma coisa honesta e justa. Mas eu cá não vejo nisso justiça nem acho nenhuma virtude, por consequência, se começar a vingar-me, será tão só por maldade. A maldade poderia, por certo, vencer a tudo, a todas as minhas dúvidas, e, dessa forma, poderia substituir, com pleno sucesso, a causa primordial, exatamente por não ser uma causa. Mas o que fazer, se nem maldade eu tenho (foi disso que parti, há pouco). A minha maldade está sujeita, de novo em decorrência daquelas malditas leis da consciência, à decomposição química. Quando vejo o objeto se desvanecer e as razões se evaporarem, não posso mais encontrar o culpado, e a mágoa se transforma numa fatalidade, em algo semelhante à dor de dentes, da qual ninguém é culpado, e resta-me, consequentemente, aquela mesma saída, isto é, golpear com força uma parede. Aí desistes por não teres achado a causa primordial. E tenta entregar-te ao teu sentimento, cego, sem raciocinar, sem a causa primordial, afastando a consciência, pelo menos, nesse ínterim; odeia ou ama, só para não ficares de braços cruzados. Depois de amanhã — esse prazo é o mais longo — começarás a desprezar a ti próprio por te teres, conscientemente, ludibriado. Como resultado: uma bolha de sabão e a inércia. Oh, meus senhores, talvez me considere um homem inteligente apenas porque não pude, em toda a minha vida, nem iniciar nem terminar nada. Que seja, que seja eu um falastrão, um falastrão inócuo e maçante, como nós todos. Mas o que fazer, se o direto e único destino de todo homem inteligente é a falácia, quer dizer, a consciente transferência do vazio para o despejado?[4]

VI

Oh, se não fizesse nada somente por preguiça. Meu Deus, como me respeitaria, então, a mim mesmo. Respeitar-me-ia exatamente por ter condições de possuir essa preguiça. Ao menos, haveria em mim uma qualidade como que positiva, da qual eu teria certeza. Pergunta: quem é? Resposta: um preguiçoso. Seria agradabilíssimo ouvir falarem de mim dessa maneira. Quer dizer, estou positivamente definido; quer dizer, há o que falar sobre mim. "Seu preguiçoso!" — mas isso é um título e um destino, é uma carreira. Não brinquem, é assim mesmo. Então sou, por direito, membro do primeiríssimo clube e não faço outra coisa senão me respeitar permanentemente. Eu conheci um senhor que se orgulhara, a vida inteira, de seu gosto pelo *Laffitte*.[5] Ele achava que isso era a sua positiva vantagem e nunca duvidara de si próprio. Ele morreu com a consciência não só tranquila como exultante, e teve toda a razão. Nesse caso, eu escolheria uma carreira: seria não apenas um cara preguiçoso

---

[4] "Transferir do vazio para o despejado" (ou seja, fazer um trabalho inútil) é um trocadilho russo bem conhecido.
[5] Marca de vinho francês.

e glutão, mas, por exemplo, tornar-me-ia simpatizante de tudo o que fosse belo e sublime. Estão gostando, hein? Eu sonho com isso há tempos. Esse "belo e soblime" chegou a apertar-me forte a nuca aos meus quarenta anos; mas isso aos meus quarenta anos, e então... oh, então seria outra coisa! Arrumar-me-ia, de pronto, a respectiva atividade, a saber: brindar à saúde de tudo o que fosse belo e sublime. Aproveitaria qualquer ocasião para, primeiro, deixar uma lágrima cair no meu copo e, em seguida, despejá-lo em homenagem ao todo o belo e sublime. Transformaria todas as coisas do mundo no belo e sublime; encontraria o belo e sublime até numa sujeira indiscutivelmente sujíssima. Ficaria lacrimejando, feito uma esponja molhada. Um pintor fez, por exemplo, um quadro de Gueux.[6] Eu logo brindo à saúde do pintor que fez o quadro de Gueux, porque gosto de todo o belo e sublime. Um autor escreveu "como quiser quem quer que seja;"[7] eu logo brindo à saúde de "quem quer que seja", porque gosto de todo o "belo e sublime". Exigiria que me respeitassem em função disso, iria perseguir a quem me faltasse com respeito. Vivo tranquilo, morro solene — mas é uma graça, toda uma graça! Criar-me-ia, então, tamanha barriga, construir-me-ia tamanho queixo triplicado, elaborar-me-ia tamanho nariz avermelhado que todo passante diria, a olhar para mim: "Eis o sinal de soma! Eis aí a verdadeira positividade!" E, de qualquer maneira, é agradabilíssimo ouvir tais opiniões em nosso século negativo, meus senhores.

VII

Mas tudo isso são sonhos dourados. Oh, digam-me quem foi o primeiro a declarar, quem foi o primeiro a proclamar que o homem perpetra vilezas apenas por desconhecer os seus verdadeiros interesses, e que, uma vez instruído, abrindo os olhos para os seus interesses verdadeiros e normais, ele deixaria logo de perpetrar vilezas, logo se tornaria bondoso e nobre, porque, instruído e entendido em seus proveitos reais,

---

[6] Gueux, Nikolai Nikoláievitch (1831-1894): pintor russo, autor de retratos e quadros históricos.
[7] Alusão ao artigo do satírico Mikhail Saltykov-Chtchedrin (1826-1889), publicado na revista *O contemporâneo* em 1863.

tomaria justamente o bem pelo seu proveito, já que sabidamente nenhum homem pode agir contra os próprios proveitos, e, dessa maneira, passaria a fazer o bem, digamos assim, por necessidade. Oh, bebezinho; oh, pura e inocente criatura! Em primeiro lugar, quando é que o homem agiu, nesses milênios todos, tão só para o seu proveito? O que fazer com aqueles milhões de fatos a testemunharem como os homens adrede, isto é, plenamente conscientes dos seus verdadeiros proveitos, punham estes em segundo plano e aventuravam-se pelo outro caminho, a esmo, correndo perigos, sem que ninguém nem nada os compelisse àquilo, mas como se não desejassem somente o caminho apontado e abrissem, com força e teimosia, outro caminho, árduo e absurdo, buscando-o quase às escuras. Isso significa que sua teimosia e rebeldia lhes eram mais agradáveis do que qualquer proveito... Proveito! O que é um proveito? Encarregar-se-iam os senhores de definir, com toda a exatidão, em que consiste o proveito humano? E se porventura o proveito humano não só pudesse, como devesse, algumas vezes, consistir exatamente em desejar, certa feita, o mal a si próprio e não o proveito? Se for assim, se tal caso for possível, então a regra toda vai por água abaixo. Como os senhores acham, acontecem tais casos? Estão rindo? Riam, meus senhores, mas respondam: os proveitos humanos são calculados com toda a precisão? Não há proveitos que não apenas não se enquadrem, mas sequer possam enquadrar-se em alguma classificação? Que me conste, meus senhores, o seu cadastro dos proveitos humanos resulta, em média, das cifras estatísticas e das fórmulas científico-econômicas. Os seus proveitos são, pois, o bem-estar, a riqueza, a liberdade, a paz, *et cetera* e tal, de modo que, por exemplo, o homem que se opusesse, franca e conscientemente, a todo esse cadastro, seria, em sua e, com certeza, em minha opinião, obscurantista ou doido varrido, não é? Mas eis o que é pasmante: por que todos aqueles estatísticos, sabedores e amantes da raça humana, constantemente omitem, em seus cálculos dos proveitos humanos, um destes? Nem o levam em consideração, tal como deveriam considerá-lo, e disso depende, entretanto, o cálculo todo. O mal não é grande: seria só tomar esse proveito e incluí-lo na lista. Mas o estorvo é que esse complexo proveito não entra em nenhuma classificação nem cabe em nenshuma lista. Tenho, por exemplo, um amiguinho... Eh, meus senhores, pois ele é seu amiguinho também, e, ainda por cima, com quem ele não tem amizade? Preparando um negócio, esse senhor relatará na hora, com eloquência e clareza, como exatamente lhe cumpre agir, segundo as leis do juízo e da verdade. Não só isso: com emoção e enlevo, ele falará dos verdadeiros e normais interesses humanos; exprobrará, com escárnio, os míopes tolos que não abrangem nem seus proveitos nem o verdadeiro sentido da virtude; e, justamente um quarto de hora depois, sem nenhum motivo externo e repentino, em decorrência de algo interno que ultrapassa todos os interesses dele, fará um troço bem diferente, quer dizer, francamente se oporá às suas falas recentes: às leis do juízo e ao seu próprio proveito, numa palavra, a tudo... Aviso que meu amiguinho não é um indivíduo, e sim uma imagem generalizada, portanto é meio difícil inculparmos tão só a ele. É isso aí, meus senhores: e se existe, de fato, algo que seja mais caro, quase para qualquer pessoa, do que os melhores proveitos dela, ou (para não infringirmos a lógica) aquele único proveito mais proveitoso (o omitido, sobre o qual acabamos de conversar) que seja o mais importante e valioso de todos os proveitos, e pelo qual o homem esteja prestes, caso haja necessidade, a opor-se a todas as leis, ou seja, ao juízo, à honra, à paz, ao bem-estar, numa palavra, a todas aquelas coisas belas e úteis, só para alcançar esse primordial e o mais proveitoso proveito que lhe seja o mais precioso.

— Mas, ainda assim, são proveitos — interrompem-me os senhores.
— Espere, ainda nos explicaremos, e não se trata de um paradoxo, sendo esse proveito notável exatamente porque sempre destrói todas as nossas classificações e despedaça todos os sistemas elaborados pelos amantes da raça humana para a felicidade desta. Numa palavra, ele atrapalha tudo. Mas antes de nomear esse proveito, quero comprometer a mim mesmo, portanto declaro com afoiteza que, a meu ver, todos aqueles belos sistemas, todas aquelas teorias que esclarecem à humanidade os verdadeiros e normais interesses dela, a fim de, necessariamente procurando realizar tais interesses, ela se tornar, sem demora, bondosa e nobre, não passam, por enquanto, de uma especulação lógica! Sim, uma especulação lógica! É que afirmar essa teoria da renovação de toda a raça humana mediante o sistema de seus proveitos é, a meu ver, quase o mesmo que... seguir, por exemplo, Buckle,[8] declarando que o homem se abranda com a civilização e consequentemente se torna

---

[8] Buckle, Henry Thomas (1821-1862): famoso historiador inglês, autor da *História da civilização na Inglaterra*.

menos sanguinário e menos propenso à guerra. Em termos da lógica, parece que ele tem razão. Porém o homem se apega tanto ao sistema e à conclusão abstrata que fica pronto a distorcer, de propósito, a verdade, fechando os olhos e tapando os ouvidos, só para justificar a sua lógica. Tomo esse exemplo por ser excepcionalmente espetacular. Olhem ao seu redor: o sangue jorra aos borbotões e, para completar, de maneira divertidíssima, feito champanhe. Eis aqui todo o nosso décimo nono século, em que viveu Buckle, inclusive. Eis aqui Napoleão, tanto o grande como o atual.[9] Eis aqui a América do Norte, aquela união para todo o sempre. Eis aqui, finalmente, o caricato Schleswig-Holstein...[10] Como é que a civilização nos abranda? A civilização desenvolve apenas a multiplicidade de sensações humanas e... nada além disso. E através do desenvolvimento dessa multiplicidade o homem chegará, quem sabe, a descobrir o prazer no sangue. Isso já aconteceu com ele, não é? Os senhores notaram que os carrascos mais requintados tinham sido, quase todos, a gente mais civilizada, que todos aqueles diversos Átila[11] e Stênka Rázin[12] não chegavam, por vezes, nem aos pés deles, e que, se eles não saltam aos olhos como Átila e Stênka Rázin, é porque aparecem mui frequentemente, por serem ordinários, cotidianos. Pelo menos, mesmo que o homem não tenha ficado mais truculento com a civilização, a truculência dele ficou certamente pior, mais abjeta que antes. Antes ele enxergava justiça na carnificina e, de consciência tranquila, exterminava a quem fosse preciso; agora nós achamos as carnificinas horrorosas, mas, não obstante, praticamos esses horrores, mais ainda que antes. Decidam o que é pior. Dizem que Cleópatra[13] (perdoem-me o exemplo da história romana) gostava de enfiar alfinetes de ouro nos seios de suas escravas, deleitando-se com os gritos e convulsões delas. Os senhores dirão que isso ocorria em tempos relativamente bárbaros, que os tempos presentes também são bárbaros, porque (com igual relatividade) os alfinetes são

---

[9] Trata-se dos imperadores Napoleão I (1769-1821) e Napoleão III (1808-1873), este último, sobrinho do primeiro.
[10] Trata-se da guerra entre a Prússia e a Dinamarca (1864) pela posse do território *Schleswig--Holstein*.
[11] Átila (cerca de 406-453): rei dos hunos, cujas hordas invadiram diversas vezes a Europa.
[12] Rázin, Stepan Timoféievitch, vulgo Stênka (cerca de 1630-1671): líder da grande rebelião popular no Sul da Rússia.
[13] Cleópatra (69-30 a.C.): a última rainha do Egito helenístico, famosa por sua beleza e relações amorosas.

enfiados até hoje, e que, apesar de ter aprendido a enxergar, certas vezes, melhor do que em tempos bárbaros, o homem moderno ainda está longe de ter-se acostumado a agir como o juízo e as ciências lhe ordenarem. Contudo os senhores têm a convicção absoluta de que ele se acostumará sem falta, quando não sobrar nada de certos antigos e maus hábitos, e quando o bom-senso e a ciência tiverem reeducado e redirecionado, de modo normal, o caráter humano. Estão convictos de que então o homem cessará, por si só, de errar e, para assim dizer, espontaneamente perderá a vontade de afazer o seu livre-arbítrio aos seus interesses normais. Não só isso: então, dizem os senhores, a própria ciência ensinará ao homem (se bem que seja um luxo, em minha opinião) que, na realidade, ele não tem nem teve nunca talentos nem caprichos, que ele mesmo não ultrapassa uma espécie de tecla de piano ou pino de órgão, e que, além disso, existem no mundo as leis da natureza, de forma que tudo quanto ele fizer não se faz por sua vontade, mas naturalmente, por leis da natureza. Em consequência, é só descobrirmos as leis da natureza, e, sem se responsabilizar mais pelas suas ações, o homem passará a viver com toda a facilidade. Todos os atos humanos serão, bem entendido, determinados conforme essas leis, matematicamente, como se fosse uma tabela de logaritmos até 108000, e inscritos no calendário, ou, coisa melhor do que isso, aparecerão certas edições bem-intencionadas, semelhantes aos dicionários enciclopédicos de hoje, em que tudo será definido e indicado com tanta exatidão que não haverá mais no mundo ações nem aventuras.

Então — são os senhores que continuam falando — as novas relações econômicas advirão, todas prontas e também determinadas com a exatidão matemática, tanto assim que sumirão, num instante, diversas perguntas, por terem ganho, de forma apropriada, diversas respostas. Então será construído o palácio de cristal.[14] Então... Pois, numa palavra, então virá voando a ave Kagan.[15] Decerto não se poderá garantir (agora sou eu quem está falando) que, por exemplo, a vida não fique então horrivelmente enfadonha (o que é que vamos fazer, quando tudo for calculado por tabelinha?), mas, em compensação, tudo ficará extremamente

---

[14] Alusão ao romance *O que fazer*, de Nikolai Tchernychévski (1828-1889), em que o "palácio de cristal" é citado como símbolo da futura sociedade utópica.

[15] Ave que, segundo a mitologia, traz felicidade.

sensato. É claro: o que não se inventa por tédio? Os alfinetes de ouro também são enfiados por tédio, mas isso não é grande coisa. O ruim mesmo é que (sou eu de novo que falo) a gente talvez se alegre então com esses alfinetes de ouro. Tolo é o homem, e sua tolice é fenomenal. Quer dizer que, mesmo sem ser nada tolo, ele é, em compensação, tão ingrato que não adianta buscarmos seu par. Eu, por exemplo, não ficarei nem um pouco surpreso, se de repente, sem mais nem menos, no meio dessa futura sensatez universal, surgir algum gentil-homem de reles, ou melhor, retrógrada e jocosa fisionomia que nos dirá a todos, de mãos nos quadris: e se empurrarmos, senhores, toda essa sensatez ladeira abaixo, com um pontapé e de uma vez só, com o único fim de mandarmos todos os logaritmos para o diabo e voltarmos a viver por nossa boba vontade? Isso é pouca coisa, mas o penoso é que certamente terá sucessores: o homem é feito dessa maneira. E tudo isso provém do motivo mais oco, motivo que nem precisamos, parece, mencionar: exatamente porque o homem, fosse ele quem fosse, em qualquer época e lugar gostava de proceder como quisesse, e nunca daquele modo que lhe impunham o juízo e o proveito, pois não apenas podemos, mas igual e positivamente devemos, de vez em quando, abrir mão do nosso proveito (essa ideia já é minha). O seu próprio, livre e independente desejo, o seu próprio, nem que seja o mais selvagem capricho, a sua fantasia irritada, por vezes, até a loucura — tudo isso é justamente aquele omitido e o mais proveitoso proveito que não se insere em nenhuma classificação e por causa do qual todos os sistemas e teorias vão, constantemente, para o diabo. Qual foi a razão pela qual todos aqueles sábios chegaram a pensar que o homem precisasse de algum desejo normal e virtuoso? Qual foi a razão imbatível pela qual eles imaginaram que o desejo do homem tivesse de ser sensato e dar proveito? O homem precisa tão só de um desejo independente, custe o que custar essa independência e leve aonde levar. E o desejo, sabe lá o diabo...

VIII

— Ah-ah-ah! Mas no fundo, não há desejo nenhum, se quiser! — interrompem-me os senhores às gargalhadas. — Nos dias de hoje, a ciência chegou a dissecar o homem a tal ponto que nós sabemos agora: o desejo e o assim chamado livre-arbítrio não são outra coisa senão...

— Esperem, senhores, eu mesmo queria começar desse modo. Confesso que até levei um susto. Já ia bradar que, graças a Deus, o desejo depende sabe lá o diabo de quê, mas lembrei-me da ciência e... vacilei. Aí é que os senhores disseram. Pois se algum dia acharem, na realidade, a fórmula de todos os nossos desejos e caprichos, isto é, de que eles dependem, segundo que leis, precisamente, ocorrem, como se propagam, aonde tendem em tal ou tal caso, etc., etc., enfim, uma verdadeira fórmula matemática, então o homem parará, talvez, logo de desejar e, ainda por cima, parará com toda a certeza. Que graça haverá em desejarmos por tabelinha? Não só isso: o homem logo se transformará num pino de órgão ou algo parecido, porque um homem sem desejo, vontade e aspiração nada mais é que um dos pinos do eixo do órgão. O que os senhores acham? Calculemos as probabilidades: isso pode acontecer ou não?

— Hum... — decidem os senhores —, a maioria dos nossos desejos está errada, por causa da percepção errada de nossos proveitos. Nós procuramos, às vezes, por um absurdo total, já que nele vemos, por mera tolice nossa, o caminho mais fácil para alcançarmos algum proveito predefinido. Mas quando isso tudo for explicado e calculado num papelzinho (o que é bem possível, por ser inútil e baixo acreditarmos, de antemão, que o homem jamais chegue a conhecer outras leis da natureza), então os assim chamados desejos deixarão, bem entendido, de existir. Pois se algum dia o desejo concordar plenamente com o juízo, nós vamos então raciocinar, em vez de desejar, pelo próprio fato de não podermos, preservando o juízo, desejar, por exemplo, o absurdo e, desse modo, opor-nos conscientemente ao juízo e desejar o mal a nós mesmos... E como todos os desejos e raciocínios poderão realmente ser calculados, visto que descobrirão, um dia, as leis do nosso assim chamado livre-arbítrio, pode formar-se, fora de brincadeiras, uma espécie de tabelinha, e realmente nós passaremos a desejar de acordo com essa tabelinha. Pois se calcularem e comprovarem, um dia, que, tendo eu, por exemplo, mostrado o dedo ao fulano, isso aconteceu por eu não ter podido deixar de mostrá-lo, e porque me cumpria, sem falta, mostrar este mesmo dedo, então o que me sobrará de livre, especialmente se eu for instruído e tiver terminado o curso de ciências em algum lugar? Pois nesse caso eu poderei calcular toda a minha vida, por trinta anos vindouros; numa palavra, se isso de fato acontecer, não teremos o que fazer e deveremos, de qualquer jeito, aceitá-lo. Em resumo, devemos repetir a nós mesmos, sem trégua, que em determinado momento e em determinadas circunstâncias a natureza não nos consulta, que é mister aceitá-la, tal como ela é e não como a imaginamos, e que, se aspirarmos, na realidade, à tabelinha e calendário, e... até mesmo à retorta, não temos nada a fazer, senão aceitar a retorta também! Caso contrário, ela se aceita a si própria e por si só...

— Sim, mas nisso consiste, para mim, uma vírgula! Desculpem-me, meus senhores, por ter filosofado demais: vivi quarenta anos no subsolo... permitam-me fantasiar um bocado! Vejam bem: o juízo, senhores, é coisa boa, sem sombra de dúvidas, mas o juízo é apenas juízo e corresponde tão só à capacidade racional do homem, enquanto o desejo é a revelação de toda uma vida, ou seja, de toda uma vida humana, com o juízo e com todas as coçadelas. E mesmo que a nossa vida frequentemente resulte, nessa revelação, ruinzinha, ela é, assim mesmo, uma vida e não apenas a extração da raiz quadrada. Eu, por exemplo, tenho a vontade absolutamente natural de viver para realizar toda a minha capacidade de viver e não só a minha capacidade racional, que constitui, digamos, em torno de uma vigésima parte da minha inteira capacidade vital. O que sabe o juízo? O juízo só sabe aquilo que assimilou (talvez nunca chegue a saber outra coisa: embora isso não seja consolador, por que não exprimirmos isso?), e a natureza humana age toda, completa, realizando consciente e inconscientemente tudo o que tiver, e, mesmo que minta, vive. Suspeito que os senhores olhem para mim com lamento, a repetirem que um homem culto e desenvolvido, numa palavra, tal como há de ser o homem do futuro, não pode desejar conscientemente algo que não lhe seja proveitoso, que isso é matemático. Concordo inteiramente: de fato, é matemático. Mas repito-lhes pela centésima vez que existe apenas um caso, apenas um em que o homem possa, proposital e conscientemente, desejar para si próprio algo nocivo, tolo e até mesmo tolíssimo, a saber, o direito de desejar para si próprio o tolíssimo, sem ser amarrado pela obrigação de desejar para si próprio somente coisas inteligentes. Pois essa coisa tolíssima, esse capricho nosso pode mesmo ser mais proveitoso para nós, meus senhores, que tudo quanto houver na terra, sobretudo em certos casos. Em particular, pode ser o maior de todos os proveitos, mesmo naquele caso em que nos causar evidentes danos e contradisser as mais sensatas conclusões de nosso juízo em relação aos proveitos, porque preserva, em todo caso, o mais importante e o mais valioso, isto é, a nossa personalidade e a nossa individualidade. Há quem afirme que isso é realmente a coisa mais valiosa para uma pessoa: por certo, o desejo pode, quando quer, unir-se ao juízo, sobretudo se a gente não abusar dele, mas usar com moderação, o que é útil e, vez por outra, até louvável. Porém o desejo, com muita frequência e mesmo na maioria das vezes, contradiz o juízo total e teimosamente, e... e... e sabem que isso também é útil e, vez por outra, até bem louvável? Suponhamos, senhores, que o homem não seja bobo. (Na verdade, não se pode, de modo algum, tachá-lo de bobo, nem que a razão seja a única: se o homem for bobo, quem é que será inteligente, nesse caso?) Todavia, mesmo sem ser bobo, ele é, ainda assim, monstruosamente ingrato! Ingrato de maneira fenomenal. Fico pensando, inclusive, que a melhor definição do homem seja a seguinte: um ser bípede e ingrato. Mas isso não é tudo, não é o maior defeito dele. O maior defeito é sua contínua imoralidade, ininterrupta a partir do Dilúvio global até o período Schleswig-Holstein dos destinos humanos. Imoralidade e, consequentemente, insensatez, pois é notório, há tempos, que a insensatez não tem outras fontes senão a imoralidade. Tentem lançar uma olhada na história da humanidade: o que verão, hein? É majestosa? Talvez seja majestosa: quanto valor tem, por exemplo, só o Colosso de Rodes![16] Não é à toa que o senhor Anaiêvski[17] atesta, no tocante a ele, que uns dizem ser uma obra das mãos humanas, e os outros afirmam ter sido criado pela própria natureza. É versicolor? Talvez seja versicolor: quantos esforços são empenhados só em discriminar os trajes de gala dos militares e civis de todos os povos e séculos, e, se forem inclusos os trajes cotidianos, dá para quebrar a cabeça, nenhum historiador conseguirá. É monótona? Talvez seja monótona: lutam e lutam, agora lutam e antes lutaram e depois lutarão — concordem que isso é monótono por demais. Numa palavra, tudo pode ser dito a respeito da história mundial, tudo quanto a imaginação mais transtornada puder idealizar. Uma só coisa não pode ser dita, que ela seja sensata. Quem disser, engasgar-se-á com a primeira palavra. E eis que peça é pregada

---

[16] Estátua gigante do deus grego Hélio, uma das "sete maravilhas" do mundo antigo.
[17] Anaiêvski, Afanássi Yevdokímovitch (1788-1866): escritor russo, autor de numerosas obras de qualidade questionável.

a cada instante: sempre aparecem, nesta vida, tais pessoas cheias de moralidade e sensatez, tais sabedores e amantes da raça humana que se fixam por objetivo portarem-se, durante a vida inteira, do modo mais moral e sensato possível e, para assim dizer, iluminar os próximos com a sua luz para provar a eles que realmente se pode viver de modo moral e sensato. E daí? Sabe-se que, mais cedo ou mais tarde, muitos daqueles amantes traíram a si mesmos, pelo fim da vida, produzindo alguma anedota, por vezes, das mais indecentes. Pergunto-lhes agora: o que se pode esperar de um ser dotado de tais qualidades estranhas, isto é, de um homem? Cubram-no de todos os bens terrenos, afoguem-no, com a cabeça, na felicidade, como se fosse a água, para que só as bolhinhas venham à tona, deem-lhe toda a satisfação econômica, para que não tenha mais nada a fazer senão dormir, comer pães de mel e ocupar-se da ininterrupção da história mundial, e mesmo então o homem fará alguma vileza, tão só devido à sua ingratidão, tão só por escárnio. Arriscará, inclusive, seus pães de mel e desejará, de propósito, o mais nocivo absurdo, o mais não econômico disparate, com o único fim de mesclar o seu elemento fantástico e nocivo com toda aquela sensatez positiva. Desejará conservar justamente seus sonhos fantásticos e sua tolice mais baixa, com o único fim de confirmar para si mesmo (como se fosse tão necessário assim) que a gente ainda é gente e não as teclas de piano, e que as próprias leis da natureza, embora toquem nelas pessoalmente, correm o risco de chegar, tocando, àquele ponto onde, exceto o calendário, não se poderá desejar mais nada. E não só isso: caso o homem fosse mesmo uma tecla de piano, caso o provassem mesmo, por meio das ciências naturais e da matemática, nem assim ele mudaria de ideia, mas propositalmente faria algo contrário, apenas por ingratidão, para impor a sua opinião. E caso lhe faltassem recursos, inventaria a destruição e o caos, inventaria diversos sofrimentos e imporia a sua opinião de qualquer maneira! Iria amaldiçoar o mundo inteiro e, como tão só o homem sabe amaldiçoar (esse é o principalíssimo privilégio dele, que o distingue dos outros animais), alcançaria, talvez, o seu objetivo só com as maldições, ou seja, realmente se convenceria de ser gente e não uma tecla de piano! Se os senhores disserem que tudo isso também pode ser calculado por tabelinha — o caos, a treva, a maldição — e que a possibilidade de cálculo prévio fará sozinha tudo parar e o juízo acabará vencendo, então o homem adrede enlouquecerá para não ter, nesse caso, juízo e impor a sua opinião! Eu acredito nisso, eu me responsabilizo por isso, pois toda a causa humana realmente consiste, ao que parece, apenas em viver provando a si próprio, a cada instante, que é gente e não um pino: com suas esquimoses, mas provando; de modo troglodita, mas provando. E como não pecarmos, depois disso, em alegrar-nos de que isso não exista ainda e o desejo dependa, por enquanto, sabe lá o diabo de quê...

Os senhores me gritam (se ainda me honrarem com o seu grito) que ninguém tenta privar-me de minha vontade, que não se faz, por aqui, outra coisa senão reconciliar, de alguma forma, a minha vontade propriamente dita com os meus interesses normais, com as leis da natureza e com a aritmética.

— Eh, meus senhores, que vontade pessoal pode existir, quando se chega à tabelinha e à aritmética, quando apenas esse "duas vezes dois são quatro" está em circulação? Duas vezes dois são quatro sem a minha vontade. Essa é, pois, a vontade pessoal?

IX

Decerto estou brincando, senhores, ciente, eu mesmo, de estas minhas brincadeiras serem sem graça. Porém não se pode tomar tudo por brincadeira. Talvez esteja brincando e rangendo os dentes. As dúvidas me atormentam; esclareçam-nas para mim. Os senhores querem, por exemplo, desabituar o homem de seus costumes antigos e corrigir-lhe a vontade, conforme exigirem as ciências e o bom-senso. Mas como sabem que não apenas se pode, mas também se deve refazer o homem assim, de onde provém sua conclusão de que o desejo humano precisa tanto ser corrigido? Numa palavra, como sabem que tal correção realmente trará proveito ao homem? E, se dissermos tudo, por que têm essa convicção de que sempre é bem proveitoso o homem não se opor aos verdadeiros e normais proveitos garantidos pelos argumentos do juízo e pela aritmética, sendo essa a lei para toda a humanidade? Não seria, por enquanto, apenas uma hipótese sua? Suponhamos que seja uma lei da lógica, mas quem sabe se ela se aplica à humanidade? Talvez os senhores me achem louco. Permitam, então, uma ressalva. Concordo: o homem é um animal criativo por excelência, obrigado a almejar conscientemente o seu objetivo e a praticar a engenharia, quer dizer, a abrir para si um caminho, aonde quer que este leve, eterna e permanentemente. Mas talvez seja por esse exato motivo que lhe apetece, às vezes, sair do caminho: por ser condenado a abri-lo e, sabe-se lá, ainda por que, de vez em quando, vem à cabeça do ativista natural, por mais tolo que ele seja em si, a ideia de que o tal caminho leva, quase sempre, a algum lugar, e que não importa a direção dele, e, sim, o próprio fato de ir adiante, para a criatura de alta moralidade não se entregar, desprezando a engenharia, àquela ociosidade nociva que, como se sabe, é mãe de todos os pecados. O homem gosta de criar e de abrir caminhos, isso não se discute. Mas por que ele adora também a destruição e o caos? Digam, por quê? Porém, a respeito disso eu mesmo queria dizer duas palavras em separado. Será que ele gosta tanto da destruição e do caos (é indiscutível que gosta, por vezes, e muito, é assim mesmo) por ter, instintivamente, medo de alcançar o objetivo e finalizar o prédio em construção? Como os senhores sabem: talvez esteja gostando daquele prédio só de longe e não de perto, talvez esteja gostando apenas de construí-lo e não de morar nele, cedendo-o depois *aux animaux domestiques*,[18] como as formigas, os carneiros, etc., etc.? As formigas é que têm lá gostos bem diferentes. Elas possuem um admirável prédio desse mesmo gênero, indestrutível para todo o sempre — o formigueiro.

Com o formigueiro as reverendas formigas começaram e com o formigueiro provavelmente terminarão, o que honra muito a persistência e a positividade delas. Contudo o homem é um ser leviano e mal-apessoado, e talvez goste, igual a um jogador de xadrez, tão só do processo de realização da meta e não dessa meta como tal. E quem sabe (não podemos certificá-lo), talvez o único objetivo terreno, ao qual a humanidade aspira, consista todo na continuidade desse processo de realização, em outros termos, na própria vida e não naquela meta que, bem entendido, não deve ser outra senão "duas vezes dois são quatro", isto é, uma fórmula, e "duas vezes dois são quatro" já não é vida, senhores, e sim o início da morte. Pelo menos, o homem sempre teve certo medo desse "duas vezes dois são quatro", e eu o temo até agora. Suponhamos que o homem não faça outra coisa senão buscar esse "duas vezes dois são quatro": atravessa os oceanos e arrisca a sua vida nessas buscas, mas,

---

[18] Aos animais domésticos (em francês).

Deus seja testemunha, acaba tendo certo medo de encontrá-lo de fato. É que ele sente que, tão logo o encontrar, não lhe restará mais nada a buscar. Os operários, ao terminar o trabalho, receberão, ao menos, seu dinheiro, irão a um botequim e depois serão carregados para a delegacia — eis aqui suas ocupações semanais. E o homem irá aonde? Pelo menos, observa-se nele, todas as vezes, algo desajeitado na realização de tais metas. Gosta de realizá-las, mas de ter realizado, nem tanto, e isso é, sem dúvida, muitíssimo engraçado. Numa palavra, a constituição do homem é cômica, e nisso tudo, por certo, consiste a pilhéria. Mas "duas vezes dois são quatro" é, no entanto, um negócio insuportável. "Duas vezes dois são quatro" é, em minha opinião, uma insolência. O "duas vezes dois são quatro" tem ares arrogantes, está plantado, de mãos nos quadris, bem no meio de nosso caminho e cospe. Eu concordo que "duas vezes dois são quatro" é uma coisa excelente; mas, se exaltarmos a tudo, "duas vezes dois são cinco" também será, vez por outra, uma coisinha fofinha.

E por que os senhores têm essa firme e solene convicção de que só o normal e o positivo, numa palavra, só o bem-estar seja proveitoso para o homem? O juízo não estaria errando em relação aos proveitos? Pode ser mesmo que o homem não goste apenas do bem-estar. Pode ser que, de igual modo, ele goste do sofrimento. Talvez o sofrimento lhe seja tão proveitoso, a ele, quanto o bem-estar? E, certas vezes, o homem adora o sofrimento até a paixão, é um fato. Não adianta nem consultar a história mundial: pergunte a si mesmo, quem for um homem minimamente vivido. Quanto à minha opinião pessoal, acho que gostar tão só do bem-estar é, de certa forma, indecente. Seja aquilo bom ou ruim, não deixa de ser muito agradável quebrar, às vezes, alguma coisa. Digamos, não estou aqui para defender o sofrimento, tampouco o bem-estar. Estou defendendo... o meu capricho, para que este me seja garantido, quando for necessário. Por exemplo, o sofrimento é inadmissível em *vaudevilles*, sei disso. No palácio de cristal, é impensável: o sofrimento é dúvida e negação, e que palácio de cristal seria aquele de que se pudesse duvidar? Estou, todavia, persuadido de que do verdadeiro sofrimento, quer dizer, da destruição e do caos, o homem não desistirá nunca. E não seria o sofrimento a única razão da consciência? Apesar de ter relatado, no começo, que a consciência é, a meu ver, a maior desgraça do homem, eu sei que o homem gosta dela e não a trocará por nenhumas satisfações. A consciência está, por exemplo, infinitamente acima daquele "duas vezes dois". Após "duas vezes dois" não sobrará, com certeza, nada: não só ações como também concepções. A única coisa a fazer será, então, taparmos os nossos cinco sentidos e mergulharmos na contemplação. E, em matéria de consciência, embora o resultado seja igual, isto é, nada a fazermos, poderemos, ao menos, fustigar a nós mesmos, de vez em quando, o que nos animará em contrapartida. Embora seja retrógrado, será melhor do que nada.

X

Os senhores acreditam no prédio de cristal, indestrutível para todo o sempre, isto é, naquele prédio a que não se possa mostrar, às escondidas, a língua nem, dentro do bolso, o dedo. E quanto a mim, talvez tenha medo daquele prédio exatamente por ele ser de cristal e indestrutível para todo o sempre, e porque não se pode nem lhe mostrar, às escondidas, a língua.

Vejam bem: se houver, em lugar do palácio, um galinheiro e começar a chover, eu entrarei, quiçá, no galinheiro para não me molhar, mas, ainda assim, não o tomarei pelo palácio por gratidão, por me ter protegido da chuva. Os senhores estão rindo e até dizem que nesse caso o galinheiro e o casarão seriam a mesma coisa. Sim, respondo eu, se a gente vivesse apenas para não se molhar.

Mas o que fazer, tendo eu colocado na minha cabeça a ideia de que não se vive apenas para isso, e que decerto se viveria melhor num casarão? Esse é meu desejo, essa é minha vontade. Vão extirpá-lo de mim, só quando mudarem os meus desejos. Mudem-nos, pois, seduzam-me com outra coisa, deem-me outro ideal. Até lá não tomarei o galinheiro pelo palácio. Seja o prédio de cristal uma quimera que nem sequer pode existir, conforme as leis da natureza, e que eu inventei somente em decorrência de minha própria tolice e de certos antigos e irracionais hábitos da nossa geração! Mas, bem que esse prédio não possa existir, o que tenho a ver com isso? Não daria no mesmo, se ele existisse nos meus desejos ou, melhor dizendo, enquanto existissem os meus desejos? Talvez os senhores estejam rindo de novo? Podem rir: aceitarei todas as zombarias, mas não direi, ainda assim, que estou saciado, se tiver fome. Eu sei que não me satisfarei com um acordo, com aquele ininterrupro zero periódico só porque ele existe por leis da natureza e existe de fato. Não tomarei pelo ápice de meus desejos um prédio de alvenaria com apartamentos para a gente pobre, alugados por mil anos, e com a tabuleta do dentista Wagenheim, por via das dúvidas. Exterminem os meus desejos, apaguem os meus ideais, mostrem-me algo melhor, e eu os seguirei. Talvez os senhores me digam que nem vale a pena mexer com isso, mas, nesse caso, eu posso responder-lhes da mesma maneira. Raciocinemos com seriedade, e, se não quiserem conceder-me sua atenção, não lhes implorarei. Tenho aqui o meu subsolo.

Enquanto isso, ainda estou vivo e tenho desejos, e caia-me a mão, se eu trouxer um só tijolinho para aquele prédio de alvenaria! Não pensem que acabei de rejeitar o prédio de cristal pela única razão de não poder irritá-lo mostrando a língua. Não disse isso por gostar tanto de mostrar a minha língua. Talvez estivesse zangado de não haver até hoje, entre todas as suas edificações, aquele prédio a que se pudesse não mostar a língua. Pelo contrário, deixaria que me cortassem a língua fora por mera gratidão, se fizessem com que eu não desejasse nunca mais mostrá-la. Pouco me importa que isso seja impossível e que precise contentar-me com apartamentos. Por que fui feito com esses desejos, hein? Será que fui feito somente para chegar à conclusão de que todo o meu feitio não passa de um engodo? Será que nisso consiste todo o objetivo? Não acredito.

Fiquem sabendo, aliás: tenho a certeza de que se deve segurar a nossa gente do subsolo. É capaz, sim, de ficar no subsolo por quarenta anos, calado, mas se sair, num rompante, dali, vai falar e falar e falar...

XI

No fim das contas, senhores: o melhor é não fazer nada! A melhor coisa é a inércia consciente! Então, viva o subsolo! Apesar de ter dito que estava invejando o homem normal até a extrema bílis, não quero sê-lo, naquelas condições em que o vejo. (Ainda assim, não deixarei de invejá-lo.) Não, não, o subsolo é, em todo caso, mais proveitoso! Ali se pode, ao menos... Eh, mas até nisso estou mentindo! Minto por saber, eu mesmo, como "duas vezes dois", que a melhor opção não é o subsolo, e sim outra coisa, algo bem diferente, algo que eu procuro, sôfrego, mas não consigo encontrar! Que o diabo carregue este subsolo!

Eis o que seria melhor por aqui: se eu mesmo acreditasse, pelo menos, em parte daquilo que acabei de escrever. Juro-lhes, meus senhores, que não acredito em nenhuma, nenhuma das palavras ora rabiscadas! Quer dizer, talvez acredite, mas ao mesmo tempo, não se sabe por que, sinto e suspeito que esteja mentindo feito um sapateiro.

— Então por que escreveu tudo isso? — dizem-me os senhores.

— E se os tivesse botado no subsolo, por uns quarenta anos e sem nenhuma ocupação, e viesse, ao cabo desses quarenta anos, para ver aonde chegaram? Será que se pode deixar o homem por quarenta anos sozinho e desocupado?

— E isso não é vergonhoso nem humilhante? — talvez me digam os senhores, abanando, com desdém, as cabeças. — Você está com sede de viver e resolve, por si mesmo, as questões vitais mediante a confusão lógica. E como seus feitos são atrevidos e insolentes, e, ao mesmo tempo, quanto medo você tem! Você diz asneiras e contenta-se com elas; você diz afoitezas, mas teme continuamente dizê-las e pede perdão. Assegura-nos que não tem medo de nada e, ao mesmo tempo, humilha-se ante o nosso julgamento. Assegura que está rangendo os dentes e, ao mesmo tempo, conta piadas para fazer-nos rir. Sabe que suas piadas não têm graça, mas, pelo visto, anda muito contente com o valor literário delas. Talvez tenha sofrido, de fato, porém não demonstra nenhum respeito pelo seu sofrimento. Há verdade em você, mas não há pureza; para satisfazer a sua mais nula vaidade, você põe a verdade à mostra, cobre-a de opróbrio e leva-a ao mercado... Você realmente quer dizer alguma coisa, mas esconde, por temor, a sua última palavra, por não se atrever a dizer nada, além das suas covardes afoitezas. Gaba-se com a consciência, mas está hesitando, porque, embora sua mente funcione, o seu coração é manchado pela devassidão, e a consciência íntegra e correta não existe sem o coração puro. E quanta insolência você denota, como está insistente, como se requebra! Mentira, mentira e mentira!

É claro que eu mesmo acabei de inventar essas suas palavras. Isso também vem do subsolo. Passei lá quarenta anos seguidos a escutar essas palavras suas por uma fresta. Inventei-as todas, sim, porque outra coisa não se inventava. Não é surpreendente que isso tenha ficado na minha memória e tomado uma forma literária...

Mas serão, serão os senhores mesmo tão levianos assim para me imaginarem publicando tudo isso e, ainda por cima, deixando-os ler? E

49

mais uma tarefa para mim: por que realmente os chamo de "senhores", por que os trato dessa maneira, como se realmente fossem meus leitores? As confissões, que estou disposto a começar relatando, não são publicadas nem divulgadas no meio dos outros. Ao menos, não possuo tanta firmeza nem acho necessário possuir. Mas vejam bem: veio-me à cabeça uma fantasia, e quero realizá-la, custe o que me custar. É a seguinte.

Nas memórias de qualquer pessoa há coisas que esta não revela a todo o mundo, mas tão somente aos seus amigos. Há também outras que ela não contará nem aos amigos, mas tão somente a si mesma e de modo secreto. Por fim, há tais coisas que essa pessoa teme revelar até a si própria, e cada pessoa decente tem acumulado bastantes coisas assim. E mesmo desse jeito: quanto mais decente for a pessoa, tanto mais coisas ela esconde. Eu, pelo menos, só me atrevi há pouco tempo a relembrar algumas das minhas aventuras de outrora, as quais sempre contornava com certa inquietude. E agora que não apenas relembro, mas até ouso anotá-las, precisamente agora é que me apetece verificar se as pessoas podem ser absolutamente sinceras, ao menos, consigo e não temer a verdade toda? Observarei a propósito: Heine[19] afirma que as autobiografias exatas são quase impossíveis, pois o homem acaba mentindo sobre si mesmo. Na opinião dele, Rousseau,[20] por exemplo, indubitavelmente se difamou em sua confissão, e fez isso consciente, por vaidade. Estou seguro de que Heine tem razão; entendo muito bem como a gente pode, às vezes, inculpar-se, unicamente por vaidade, até de crimes, e muito bem compreendo o gênero dessa vaidade. Contudo Heine tinha em vista uma pessoa que se confessava perante o público. E eu escrevo só para mim mesmo e declaro, de uma vez por todas, que, dirigindo-me aos leitores, faço-o unicamente para inglês ver, porque é mais fácil escrever desse modo. É a forma, tão só uma forma vazia. Eu nunca terei leitores. Já deixei isso bem claro...

Não quero constranger-me com nada na redação deste diário, nem vou criar nenhuma ordem ou sistema. Anotarei o que recordar.

Por exemplo, isso: os senhores poderiam tomar minhas palavras por pretexto e perguntar-me — se você realmente não conta com os leitores,

---

[19] Heine, Heinrich (1797-1856): grande poeta alemão.
[20] Rousseau, Jean-Jacques (1712-1788): ilustre pensador e literato suíço-francês, um dos principais expoentes do Iluminismo.

então por que anda fazendo consigo mesmo e, ainda por cima no papel, os pactos de não criar ordem nem sistema, de anotar o que recordar, etc., etc.? Por que se está explicando? Por que se está desculpando?

— Porque sim — respondo eu.

Aliás, há nisso toda uma psicologia. Talvez eu seja simplesmente medroso. Ou talvez esteja propositalmente imaginando o público na minha frente, a fim de comportar-me com mais decência na hora de anotar. Pode haver mil motivos.

E mais isto aqui: por que, com que intuito eu quero escrever? Se não fosse para o público, poderia relembrar tudo assim, mentalmente, sem transferi-lo para o papel.

Poderia, sim, mas no papel o diário ficará mais solene. Há nisso algo imponente: farei mais autocríticas e melhorarei o meu estilo. Pode acontecer, ademais, que eu fique aliviado com a escrita. Por exemplo, hoje estou particularmente aflito com uma lembrança de longa data. Veio-me nítida, um dia destes, e desde então ficou comigo, tal e qual um maçante refrão musical que não deixa a gente em paz. Entretanto preciso livrar-me dela. Tenho centenas de semelhantes lembranças, mas, de vez em quando, uma delas se destaca e causa-me aflição. Creio, por algum motivo, que, se a anotasse, ela iria embora. Por que não tentar, hein?

Afinal, estou entediado e nunca faço nada. E a escrita parece mesmo um trabalho. Dizem que, trabalhando, o homem se torna bondoso e honesto. Eis, pelo menos, uma chance.

Hoje está nevando, a neve cai amarela, turva, quase molhada. Ontem também nevava, outro dia também. Parece-me ter recordado aquela anedota, que agora não quer deixar-me em paz, por causa dessa neve molhada. Então que esta narrativa seja a respeito da neve molhada.

SEGUNDA PARTE

A RESPEITO DA NEVE MOLHADA

Quando das trevas pesarosas,
Com minhas falas calorosas,
Tirei tua alma corrompida,
E, toda aflita, tu crispaste
As mãos e logo arrenegaste
Teu vício; quando, arrependida,
Tu castigavas a memória,
Lembrando coisas más deveras,
Contavas para mim a história
Daquilo tudo que viveras
Em minha ausência e, de repente,
Choraste, toda envergonhada
E cheia de pavor, tremente,
Arrebatada, revoltada...
Et cetera, et cetera, et cetera.

Da poesia de N. A. Nekrássov[*]

---

[*] Nekrássov, Nikolai Alexéievitch (1821-1878): um dos mais populares poetas russos do século XIX.

I

Àquela altura, eu tinha apenas vinte e quatro anos. A minha vida era, desde então, lúgubre, desregrada e solitária a ponto de asselvajar-me. Não tinha nenhum amigo e mesmo evitava falar com as pessoas, cada vez mais recolhido no meu canto. Na repartição onde servia, procurava não olhar para ninguém e claramente notava que os colegas não só me julgavam extravagante, mas, parecia, também me encaravam com certo asco. Eis o que me vinha à mente: por que é que ninguém, além de mim, acha que as pessoas o encaram com asco? Um dos nossos servidores tinha a cara de malfeitor — horrorosa e toda picada de bexigas. Eu cá nem ousaria olhar para quem quer que fosse, com uma cara tão indecente assim. Outro sujeito usava um uniforme tão surrado que havia mau cheiro perto dele. No entanto, nenhum daqueles senhores se envergonhava: nem com o traje, nem com a cara, nem de algum modo moral. Nem um nem outro imaginavam que as pessoas os encarassem com asco; e mesmo se imaginassem, não se importariam com isso, contanto que a chefia não se dignasse a encará-los. Está-me totalmente claro hoje que, por causa da minha vaidade ilimitada e das consequentes exigências em relação a mim mesmo, eu me examinava, muitas vezes, com um desprazer colérico, o qual beirava o asco, e por esse motivo atribuía, mentalmente, a minha própria visão a qualquer um. Detestava, por exemplo, o meu semblante, considerando-o abjeto e mesmo suspeitando que ele tivesse certa expressão vil, portanto, todas as vezes que comparecia à repartição, fazia dolorosos esforços para tornar o meu comportamento o mais independente possível, a fim de que os outros não desconfiassem de minha vileza, e a expressão de meu rosto, a mais nobre possível. "Que minha cara seja feia — pensava eu —, mas, em compensação, é nobre, expressiva e, o essencial, muitíssimo inteligente." Tinha, porém, a pungente certeza de que jamais conseguiria expressar todas aquelas perfeições com a minha cara, e, o mais horrível de tudo, achava-a decididamente boba. Entretanto me contentaria plenamente com a inteligência; aceitaria, inclusive, a expressão vil com a ressalva de as pessoas pensarem, apesar dela, que o meu rosto é extremamente inteligente.

Eu odiava, bem entendido, a todos os nossos servidores, do primeiro até o último, desprezava-os a todos e, ao mesmo tempo, sentia certo medo deles. Vez por outra, chegava a colocá-los, de supetão, acima de mim mesmo. Isso acontecia exatamente de supetão: ora os desprezava, ora os colocava acima de mim. Um homem decente e desenvolvido não pode ser vaidoso sem fazer a si próprio tais exigências ilimitadas nem se desprezar, por momentos, até o ódio. Mas, quer me desprezasse, quer me exaltasse, abaixava os olhos perante qualquer pessoa. Até fazia experiências — suportaria, ao menos, o olhar do fulano de tal? — e sempre era o primeiro a abaixar os olhos. Isso me levava ao furor. Tinha igual medo mórbido de parecer ridículo e, assim sendo, adorava, de modo servil, a rotina em tudo o que concernisse à parte externa, seguia com todo o carinho as estradas régias e temia, com toda a alma, qualquer excentricidade que reparasse dentro de mim. Será que podia aguentar isso? Era morbidamente desenvolvido, como devia ser o homem de nossa época, enquanto eles todos eram obtusos e parecidos entre si que nem os carneiros de um rebanho. Pode ser que, em toda a repartição, só eu mesmo me achasse, o tempo todo, covarde e servil, justamente por ser desenvolvido. E não apenas me achava, como era, de fato, covarde e servil. Digo isso sem a menor vergonha. Todo homem decente de nossa época é e tem de ser covarde e servil. Essa é a condição normal dele. Estou profundamente convicto disso. Ele é feito dessa maneira e destinado a essa finalidade. E não apenas nos dias atuais, em decorrência de algumas circunstâncias fortuitas, mas em geral, em todos os tempos, um homem decente deve ser covarde e servil. É uma lei da natureza para todas as pessoas decentes do mundo. Mesmo que uma delas se atreva a fazer alguma proeza, que não se console nem se empolgue com isso: em todo caso, recuará diante das outras coisas. Assim é o único e sempiterno desfecho. São atrevidos tão só o asno e sua prole, ambos até esbarrarem num certo muro. Nem vale a pena dar atenção a eles, já que não significam absolutamente nada.

Havia mais uma circunstância que me atormentava então, a de ninguém se parecer comigo nem eu me parecer com ninguém. "Eu sou um, e eles são todos" — pensava eu e ficava cismado.

Isso evidencia que era ainda menino.

Os opostos também ocorriam. Às vezes, sentia tamanho nojo em ir à repartição que chegava a voltar do serviço doente. E de improviso, sabe-se lá por que razão, começava uma fase de ceticismo e indiferença (tudo acontecia comigo em forma de fases), e eu mesmo andava zombando de minhas intolerâncias e aversões, acusando-me de romantismo. Ora nem queria falar com ninguém, ora me dispunha não só a falar como a travar amizade com eles. Todos os meus melindres sumiam de vez, repentinamente, sem eu saber o porquê. Quem sabe, talvez nunca tivesse tido esses melindres ou então os tirasse dos livros? Até agora, não consegui resolver essa questão. Fiz, uma vez, completa amizade com eles, passei a frequentar suas casas, jogando preferência,[1] bebendo vodca e conversando sobre a economia... Mas deixem-me fazer aqui uma digressão.

De modo geral, nunca houve entre nós, russos, aqueles bobos celestiais românticos alemães e, sobretudo, franceses, que não se importam com nada: mesmo se o solo se rachar aos seus pés, mesmo se toda a França morrer nas barricadas, eles permanecerão iguaizinhos, não mudarão sequer por decência nem deixarão de cantar os seus cantos celestiais, para assim dizer, até a cova, por serem bobos. E cá, em nossa terrinha russa, não há bobos, e este fato notório distingue-a das demais terras alemãs. Por consequência, as criaturas celestiais tampouco existem, por aqui, em seu estado puro. Foram os nossos "positivos" publicistas e críticos da época que, indo atrás de Kostanjoglo[2] e do titio Piotr Ivânovitch,[3] e tomando-os, por tolice, pelo ideal russo, inventaram que nossos românticos fossem tão celestiais quanto os da Alemanha ou da França. Pelo contrário, as propriedades do nosso romântico são absoluta e diametralmente opostas às do celestial europeu, e nenhuma medidazinha europeia aqui vem a calhar. (Permitam-me, pois, empregar este termo "romântico" — palavra antiga, respeitável, merecedora e conhecida de todos.) As propriedades do nosso romântico consistem em tudo compreender, em tudo ver e, muitas vezes, ver incomparavelmente

---

[1] Jogo de cartas.
[2] Personagem idealizado do romance *Almas mortas*, de Nikolai Gógol (1809-1852), "fazendeiro por natureza e não por nascimento".
[3] Personagem do romance *Uma história comum*, de Ivan Gontcharov (1812-1891), personificação de bom-senso e praticidade.

melhor do que veem os nossos intelectuais mais positivos; em não se conformar com ninguém nem com nada e, ao mesmo tempo, em nada menosprezar; em tudo contornar, ceder a tudo e tratar a todos de maneira política; em ter constantemente em vista um objetivo útil e prático (digamos, uma casinha funcional, uma pensãozinha ou uma estrelinha a mais),[4] em divisar esse objetivo através de todos os entusiasmos e livretos de versinhos líricos e, ao mesmo tempo, em preservar intacto o "belo e sublime", dentro de si, até a morte, e oportunamente preservar, por inteiro, a si próprio no meio dos afazeres, feito uma joia qualquer, nem que seja só, por exemplo, em favor daquele mesmo "belo e sublime". Nosso romântico é um sujeito versátil e o primeiro velhaco de todos os nossos velhacos, assevero-lhes... até mesmo por experiência. É tudo isso, bem entendido, se o romântico for inteligente. Mas o que estou dizendo? O romântico é sempre inteligente; quero notar apenas que, embora houvesse entre nós românticos bobos, isso não conta pelo único motivo de estes se transformarem, ainda na flor da idade, em alemães e, para melhor preservar a sua joia, fixarem residência naquelas paragens, máxime em Weimar ou em Schwarzwald. Eu, por exemplo, sinceramente desprezava as minhas atividades profissionais e não cuspia nelas tão só por necessidade, porque as exercia e ganhava dinheiro com isso. Note-se que não cuspia, no fim das contas. Nosso romântico antes enlouquecerá (o que acontece, aliás, mui raramente) do que sairá cuspindo, a menos que tenha outra carreira pela frente, e jamais o botarão para fora — levarão, quando muito, ao asilo de loucos a título de "rei espanhol",[5] e isso se ele enlouquecer em excesso. Mas enlouquece cá somente quem for fraquinho e lourinho, enquanto uma quantidade inestimável de românticos atinge posteriormente cargos consideráveis. Que versatilidade extraordinária! E quanta inclinação para as sensações mais contraditórias! Tais pensamentos me consolavam na época, e até hoje continuam os mesmos. Por isso é que há entre nós tantas "criaturas versáteis", as quais nunca, mesmo no fundo do poço, perdem seu ideal, e, sem moverem um dedo para este, sendo ladrões e gatunos rematados, veneram o primário ideal deles até chorarem e, ali

---

[4] Dostoiévski tem em vista as promoções no serviço público.
[5] Alusão ao conto *Diário de um louco*, de Nikolai Gógol, cujo protagonista acreditava ser rei da Espanha.

na alma, são extraordinariamente honestos. Pois sim, apenas em nosso meio o maior vilão pode ser total e até mesmo sublimemente honesto dentro de si, ao passo que nem um pouco se afasta da vilania. Repito que, muitas vezes, os nossos românticos se tornam malandrins tão espertos (uso a palavra "malandrim" com carinho) e, de repente, demonstram tanta percepção da realidade e tanto conhecimento do positivo que a chefia espantada e o público estupefato não têm outra resposta senão estalarem as línguas.

Uma versatilidade deveras assombrosa: só Deus sabe como ela se elaborará e em que se converterá nas circunstâncias por vir, e o que ela nos promete em nosso futuro. O material não é nada mau, hein? Não falo assim por algum patriotismo ridículo ou roceiro. Aliás, os senhores voltam a pensar, por certo, que estou brincando. Ou então acreditam, quiçá, no contrário, quer dizer, têm a certeza de que realmente estou pensando dessa maneira. Em todo caso, meus senhores, aceito ambas as opiniões como uma honra e um prazer especial. E quanto à minha digressão, perdoem-na.

Não suportava, bem entendido, a amizade com os colegas e logo brigava com eles, cortando todas as ligações e, dada a minha inépcia juvenil de então, deixando mesmo de cumprimentá-los. De resto, isso aconteceu comigo tão só uma vez. Em geral, sempre andava sozinho.

Quando estava em casa, lia a maior parte do tempo. Queria que as sensações externas abafassem aquelas que não paravam de fervilhar dentro de mim. E a leitura era, das sensações externas, a única possível. É claro que a leitura me ajudava muito: emocionava, deliciava e torturava. Mas, vez por outra, aborrecia-me terrivelmente. Ainda assim, eu andava em busca de movimento e, de repente, mergulhava num escuro, subterrâneo, abjeto... não digo deboche, mas, sim, num debochezinho. As minhas paixonetas eram agudas, ardentes, por causa de minha eterna e doentia irritabilidade. Os rasgos vinham histéricos, com lágrimas e convulsões. Além da leitura, não tinha o que fazer, ou seja, não havia nada que eu pudesse respeitar no meu ambiente e que me atraísse. Surgia, ademais, o tédio; aparecia uma sede histérica de contradições e contrastes, por isso é que me entregava ao deboche. Não disse agorinha tantas coisas para justificar-me... Aliás, não: menti! Queria exatamente justificar a mim mesmo. É para mim, senhores, que faço esta objeção. Não quero mentir. Dei a minha palavra.

Caía na esbórnia sozinho, de noite, às escondidas, cheio de apreensão e asco, com a vergonha que não me deixava sequer nos momentos mais torpes, chegando, em tais momentos, a ser minha própria maldição. Àquela altura, já carregava o subsolo na alma. Tinha pavor de ser, por acaso, visto, encontrado e reconhecido. É que frequentava diversos lugares mal-afamados.

Uma noite, passando rente de uma bodega, eu vi, através da janela iluminada, uns senhores se baterem com tacos de bilhar e jogarem um sujeito pela janela. De outra feita, teria sentido muito asco, mas naquele momento até invejei o senhor jogado e invejei tanto que entrei na bodega, na sala de bilhar: "Talvez me meta numa rixa também e eles me joguem pela janela."

Eu não estava bêbado, mas o que mandam que eu faça, podendo o tédio levar a gente a um fricote desses? Não deu em nada. Na verdade, nem era capaz de pular da janela, e fui embora sem ter brigado.

Fora um oficial quem me refreara desde o primeiro passo.

Eu estava plantado junto da mesa de bilhar, obstruindo por ignorância a passagem, e ele precisava passar; pegou-me pelos ombros e, calado, sem explicação nem aviso prévio, deslocou-me de um lugar para o outro e prosseguiu seu caminho, como se não tivesse reparado em mim. Perdoá-lo-ia, inclusive, se me tivesse espancado, mas de maneira alguma poderia perdoar o fato de ele me deslocar desse jeito, sem a mínima atenção.

Sabe lá o diabo o que eu daria, então, por uma verdadeira briga, mais justa e mais decente, mais, para assim dizer, literária! Trataram-me feito uma mosca. Aquele oficial tinha uns dez *verchoks*[6] de altura, e eu sou um homem baixinho e desnutrido. Aliás, a briga estava em minhas mãos: era só protestar um pouco e certamente me jogariam pela janela. Contudo, mudei de ideia e preferi... render-me com raiva.

Saí da bodega confuso e angustiado, fui direto para casa e, no dia seguinte, continuei o meu debochezinho, ainda mais tímido, abatido e triste que antes; estava para chorar e, não obstante, voltei a praticá-lo. Não pensem, de resto, que tenha recuado perante o oficial por medo:

---

[6] Antiga medida de comprimento russa, equivalente a 4,445 cm. Na época descrita, a altura dos seres humanos era medida, na Rússia, segundo a fórmula "dois *archins* (aproximadamente 142 cm) + tantos *verchoks*"; assim, a altura do oficial em questão é de 10 *verchoks* acima de dois *archins*, ou seja, cerca de 186,5 cm.

nunca fui covarde, cá na alma, embora sempre estivesse tremelicando na realidade, mas não se apressem tanto em rir, já que tenho explicação para isso. Tenho explicações para tudo, senhores, podem deixar.

Oh, se o dito oficial fosse daqueles que aceitassem duelos! Mas não, era precisamente um daqueles senhores (há tempos, inexistentes) que preferiam agir com tacos ou, como o tenente Pirogov[7] de Gógol, através da chefia. Eles não se metiam em duelos por acharem que um duelo com nossa pobre ralezinha fosse, de qualquer modo, indecente, e que o duelo, em geral, fosse algo impensável, subversivo, francês, porém bagunçavam bastante, sobretudo os que tinham dez verchoques de altura.

Não foi por covardia que recuei, mas por minha vaidade ilimitadíssima. Não fiquei assustado com os dez *verchoks* de altura nem com a perspectiva de me espancarem e jogarem pela janela. A coragem física decerto me sobraria; o que faltou foi a coragem moral. Tive medo de que todos os presentes, a começar pelo marcador afoito e terminando pelo último servidorzinho rançoso e cheio de espinhas, o qual rondava por ali com seu colarinho sebento, não me compreendessem e vaiassem, quando eu me pusesse a protestar e a falar com eles numa linguagem literária. É que até agora não se pode, em nossa terrinha, falar sobre o ponto de honra — isto é, não sobre a honra em si, mas sobre o ponto de honra (*point d'honneur*) — de outra maneira senão numa linguagem literária. A linguagem comum sequer menciona esse "ponto de honra". Tinha plena certeza (percepção da realidade, apesar de todo o romantismo!) de que eles simplesmente estourariam de riso, enquanto o oficial me batesse, não simples, mas dolorosamente, dando-me, sem dúvida, um bocado de joelhadas, arrastando-me desse jeito em volta da mesa de bilhar e só depois, por misericórdia, jogando-me pela janela. É claro que tal miserável história não acabaria somente nisso. Mais tarde, várias vezes encontrei aquele oficial na rua e memorizei bem a fisionomia dele. Restava saber se ele também me reconhecia. Creio que não, a julgar por certos indícios. Mas eu cá, eu olhava para ele com rancor e ódio, e isso durou... alguns anos! O meu rancor até se fortalecia e aumentava com o tempo. A princípio, comecei a informar-me, às escondidas, acerca daquele oficial. Era difícil fazê-lo, porque não tinha conhecidos. No entanto, alguém o chamou, um dia, na rua pelo sobrenome, quando

---

[7] Personagem do conto *Avenida Nêvski*, de Nikolai Gógol.

eu o seguia de longe, como que amarrado, e foi assim que descobri o sobrenome dele. Outro dia, segui-o até o seu apartamento e perguntei ao zelador do prédio, dando-lhe dez copeques,[8] onde o oficial morava, em que andar, se sozinho ou com alguém, etc., numa palavra, tudo quanto um zelador pudesse contar. Uma manhã, apesar de nunca ter sido literato, de improviso tive a ideia de descrever aquele oficial numa novela, de modo invectivador e caricaturesco. Escrevi essa novela com deleite. Invectivei, até caluniei um pouco; de início, usei o sobrenome de maneira que se pudesse logo reconhecê-lo, mas depois o alterei, por raciocínio maduro, e mandei a obra toda para o "Diário pátrio".[9] Entretanto não havia invectivas naquele tempo, e minha novela não foi publicada. Fiquei muito aborrecido com isso. Por vezes, o rancor quase me sufocava. Enfim resolvi desafiar o meu adversário para um duelo. Compus uma carta bela e atraente, rogando-lhe que me pedisse desculpas e aludindo com bastante firmeza que, caso contrário, pretendesse desafiá-lo para um duelo. A carta foi composta de forma que, se o oficial entendesse, ao menos, um pouquinho daquele "belo e sublime", viria correndo a minha casa para me pular no pescoço e oferecer sua amizade. E como isso seria bom! Como viveríamos então, como viveríamos! Ele me protegeria com a sua imponência, eu ia enobrecê-lo com a minha inteligência e com ideias, e... muita coisa ainda poderia acontecer! Imaginem que já se tinham passado dois anos, desde que ele me ofendera, e o meu desafio era um anacronismo horribilíssimo, apesar de toda a habilidade da minha carta, que explicava e mascarava tal anacronismo. Mas, graças a Deus (até hoje agradeço ao Supremo, chorando), não enviei minha carta. Fico todo arrepiado ao lembrar o que podia ocorrer, se a tivesse enviado. De súbito... de súbito, vinguei-me do modo mais simples e genial! Veio-me, de repente, uma ideia claríssima. Às vezes, nos feriados, eu ia, lá pelas quatro horas, à Avenida Nêvski[10] e passeava pelo seu lado ensolarado. Quer dizer, não passeava ali, mas aturava inúmeros tormentos, humilhações e derramamentos de fel, dos quais, sem dúvida, tinha carência. Igual a uma enguia, rodopiava, da maneira mais feia, por entre os transeuntes, cedendo continuamente a passagem

---

[8] Moeda russa equivalente a 1/100 do rublo.
[9] Revista literária russa editada (com interrupções) de 1818 a 1884.
[10] A principal via pública de São Petersburgo.

ora aos generais, ora aos oficiais da guarda imperial e aos hussardos,[11] ora às damas; nesses momentos, sentia dores convulsivas no coração e calor nas costas só de imaginar a miséria de meu traje, a miséria e a vileza da minha figurinha rodopiante. Era uma tortura martirizadora, uma ininterrupta e insuportável humilhação de pensar (e de sentir, ininterrupta e diretamente) que sou uma mosca aos olhos do mundo inteiro, uma mosca nojenta e repugnante — embora a mais inteligente, a mais desenvolvida e a mais nobre, bem entendido! — uma mosca que não para de ceder passagem a todos e que todos andam humilhando e ofendendo. Por que me expunha àquela tortura, para que ia à Nêvski, não sei, contudo não perdia nenhuma oportunidade de passear lá.

Na época, já começava a sentir afluxos daqueles prazeres de que tinha falado no primeiro capítulo. A história com o oficial fez aumentar a minha atração pela Nêvski: era bem ali que o encontrava na maioria das vezes, era bem ali que o fitava arrebatado. Ele também passeava lá nos feriados. Cedia, igual a mim, a passagem aos generais e dignatários, rodopiava, feito uma enguia, no meio deles, mas simplesmente pisoteava as pessoas da minha laia e até melhores que eu: ia direto para cima destas, como se houvesse um vácuo na sua frente, e de maneira alguma lhes cederia passagem. Olhando para ele, eu me deleitava com o meu ódio e... todas as vezes, enraivecido, deixava-o passar. Nem numa via pública me igualaria a ele, e isso me torturava. "Por que és tu que o deixas, sem falta, passar? — atenazava a mim mesmo numa fúria histérica, ao acordar, às vezes, por volta das três horas da madrugada. — Por que és tu e não é ele? Pois não há lei para isso, pois isso não foi escrito em lugar nenhum! Bem, que seja metade a metade, como acontece, de praxe, quando as pessoas delicadas se encontram: ele cederá metade e tu metade, e vocês dois passarão com respeito mútuo." Mas isso não acontecia, eu deixava o oficial passar, e ele sequer notava que lhe cedia a passagem. De chofre, veio-me uma ideia admirabilíssima. "E se, — pensei eu, — se não o deixasse passar, quando nos encontrássemos? Se não me desviasse de propósito, nem que fosse preciso empurrá-lo, o que seria então, hein?" Essa ideia ousada se apossou de mim a ponto de não me deixar mais em paz. Eu sonhava com isso constante e terrivelmente, e de propósito ia mais vezes à Nêvski para imaginar, com mais clareza, como o faria,

---

[11] Soldados de cavalaria ligeira que tinham, na época, fama de duelistas.

quando o fizesse. Estava exaltado. A minha intenção me parecia cada vez mais provável e realizável. "Não empurrar, bem entendido, para valer, — cismava eu, antecipadamente enternecido de alegria, — mas assim, simplesmente não o deixar passar, colidir-me com ele, não para lhe causar dor, mas desse jeitinho, ombro contra ombro, exatamente tanto quanto for definido pela decência, batendo eu nele tanto quanto ele bater em mim." Tomei, afinal, minha decisão definitiva. Porém as preparações levaram muitíssimo tempo. Em primeiro lugar, a execução de meu plano exigia que tivesse a melhor aparência possível e, para tanto, cuidasse de minhas roupas. "Por via das dúvidas, se, por exemplo, a história se tornar pública (e o público de lá não é brincadeira: a condessa anda, o príncipe D. anda, toda a literatura anda), precisarei de bons trajes. Isso me elevará, e, de certa forma, nós dois seremos iguais aos olhos da alta sociedade." Com esse objetivo, pedi que me adiantassem os vencimentos e comprei um par de luvas pretas e um chapéu decente na loja de Tchúrkin. As luvas pretas me pareciam mais respeitáveis e chiques que as da cor de limão pelas quais me interessara a princípio. "A cor é forte demais, como se o cara quisesse exibir-se" — pensei eu e não comprei essas luvas. Tinha preparado, há tempos, uma boa camisa com brancas abotoaduras de osso, mas o capote me causara muito atraso. Meu capote, como tal, era bonzinho e quente; no entanto, tinha o forro de algodão e a gola de pele de guaxinim, o que constituía o cúmulo do servilismo. Cumpria-me trocar a gola, custasse o que custasse, e arranjar uma de castor, como aquela dos oficiais. Comecei a frequentar, para tanto, o Pátio das Compras[12] e alvejei, após uns tentames, um castorzinho alemão bem em conta. Embora se desgastem logo e tomem um aspecto miserabilíssimo, esses castorzinhos alemães parecem, quando novos, muito decentes, e eu pretendia usá-lo uma vez só. Perguntei pelo preço e achei-o salgado. Ao cabo de graves cismas, decidi vender a minha gola de guaxinim.

Quanto ao dinheiro faltante, que, para as minhas medidas, era considerável, resolvi pedi-lo emprestado ao chefe de minha seção Anton Antônytch Sêtotchkin, homem humilde, porém sério e positivo, que não dava empréstimos a ninguém, mas a quem eu tinha sido particularmente recomendado, outrora, por aquela pessoa influente que me

---

[12] Galeria comercial situada no centro histórico de São Petersburgo.

indicara para o serviço. Estava horrivelmente envergonhado com isso, achando que pedir dinheiro a Anton Antônytch fosse uma infâmia monstruosa. Até passei duas ou três noites em claro (àquela altura, geralmente dormia pouco e andava febril); meu coração ora desfalecia de leve, ora se punha, de súbito, a pular, a pular, a pular!... Primeiro Anton Antônytch ficou pasmado, depois fez uma careta, pensou um tanto e, finalmente, emprestou o dinheiro, tomando-me o recibo, segundo o qual ia recebê-lo de volta duas semanas mais tarde, por conta de meu salário. Dessa maneira, tudo estava enfim pronto; o lindo castorzinho se estabeleceu no lugar do pífio guaxinim, e eu comecei, aos poucos, a abordar meu assunto. Não se podia proceder àquele negócio à toa e da primeira vez; precisava-se arrumá-lo com jeito e, justamente, pouco a pouco. Confesso que, malogradas várias tentativas, estava prestes a cair em desespero: não nos empurrávamos e ponto final! Preparava-me, predispunha-me, achando que logo, logo nos colidiríamos, e depois via que novamente lhe cedera a passagem, e que ele passara sem reparar em mim. Aproximando-me dele, até rezava, pedindo que Deus me provesse de audácia. Um dia, quase me atrevi a empurrar o oficial, mas acabei atropelado por ele, já que no último instante, a uns dois *verchoks* de distância, a coragem me abandonou. Ele passou por cima de mim, tranquilíssimo, e eu saltei para o lado que nem uma bolinha. Naquela noite, estava de novo com febre e delirava. De chofre, tudo terminou da melhor maneira possível. Tomando, na noite anterior, a firme resolução de desistir do meu plano nefasto e de deixar tudo como estava, fui, pela última vez, à Nêvski com o único fim de dar uma espiada: será que deixaria mesmo tudo como estava? De repente, a três passos do meu inimigo, mudei inesperadamente de ideia, cerrei os olhos e... nós nos empurramos, ombro contra ombro! Não lhe cedi um *verchok* e fiquei com ele em pé de igualdade total! Ele sequer se virou, fingindo que não me tivesse visto — apenas fingindo, tenho a certeza disso. Até agora tenho certeza! É claro que minha contusão foi maior, sendo ele mais forte, mas isso não tem importância. O que importa é que alcancei o meu objetivo, defendi a minha dignidade, não cedi um só passo e publicamente me coloquei no nível social dele. Voltei para casa vingado de tudo. Estava exaltado. Rejubilava-me e cantava árias italianas. Não vou recontar-lhes, bem entendido, o que se deu comigo três dias depois; tendo os senhores lido o primeiro capítulo, "O subsolo", poderão muito bem adivinhá-lo. Mais tarde o oficial foi transferido para algum lugar; já faz uns catorze anos que não o vejo. Por onde é que anda hoje, meu queridinho? A quem pisoteia?

II

Todavia, a fase de meu debochezinho terminava, passando eu a sentir um asco terrível. Vinha o arrependimento, porém o bania, de tão enjoado que estava. No entanto, acostumava-me com isso também, pouco a pouco. Acostumava-me com tudo, quer dizer, não é que criasse hábito, mas consentia, de certa forma, em suportar tudo de bom grado. Tinha uma saída que tudo conciliava, a de recolher-me em "todo o belo e sublime" — sonhando, bem entendido. Sonhava horrivelmente, sonhava por três meses seguidos, escondido no meu cantinho, e acreditem que em tais momentos não me assemelhava àquele senhor que prendia, desfalecendo o seu coração de pinto, o castorzinho alemão à gola de seu capote. Tornava-me, de repente, um herói. Não deixaria, então, aquele tenente de dez *verchoks* nem me visitar. Sequer podia imaginá-lo, então. É difícil dizer agora como eram meus sonhos e como eu conseguia satisfazer-me com eles, mas na época eles me satisfaziam. Aliás, contento-me, em parte, com isso até hoje. Os sonhos mais fortes e doces vinham após o debochezinho, vinham em meio às contrições e lágrimas, êxtases e maldições. Havia instantes de tanto enlevo positivo, de tanta felicidade que, juro por Deus, nem sombra de escárnio se fazia sentir dentro de mim. Havia fé, esperança, amor. É que cegamente acreditava então que, por algum milagre, graças a alguma circunstância externa, tudo isso se abriria e repentinamente se alargaria, que surgiria, de chofre, o horizonte das respectivas atividades benéficas, belas e, o essencial, totalmente prontas (nunca soube quais seriam, mas serem totalmente prontas era o essencial), e eis que eu chegaria à luz divina, quase montado num cavalo branco e coroado de louros. Nem conseguia entender o papel secundário na vida real e, justamente por essa razão, ocupava com toda a tranquilidade o último. Herói ou lama, não havia meio-termo. Foi isso que acabou comigo, pois eu me consolava, chafurdando na lama, em pensar que de outra feita seria herói, enquanto o herói apenas mascarava a lama: um homem, digamos, ordinário, teria vergonha de chafurdar nessa lama, e um herói era alto demais para se sujar de todo, podendo, por conseguinte, sujar-se. É notável que esses acessos de "todo o belo e sublime" aconteciam, de igual modo, no transcorrer do debochezinho, em especial, quando já me encontrava no fundo do poço, aconteciam como umas faíscas isoladas, como que me lembrando de sua presença, porém o advento deles não suprimia o debochezinho; pelo contrário, parecia revigorá-lo com o contraste, sendo a sua proporção exatamente aquela de que precisaria um bom molho. O tal molho se compunha de contradições e sofrimentos, a par de uma dolorosa análise interna, e todos esses sofrimentos grandes e pequenos davam certo gosto picante e mesmo certo sentido ao meu debochezinho, numa palavra, cumpriam plenamente a função de um bom molho. Tudo isso possuía, inclusive, certa profundeza. Seria eu capaz de aceitar um simples, vil e primitivo debochezinho de escrivão, e de suportar tanta lama? O que é que poderia atrair-me, então, nela, fazendo-me sair de casa à noite. Não, tinha uma desculpa nobre para tudo...

Mas quanto amor, meu Deus, quanto amor eu vivia, por vezes, nesses meus sonhos, nesses "recolhimentos em todo o belo e sublime"! Embora fantástico e jamais aplicado, na realidade, a nada humano, esse amor vinha tão grande que depois, na realidade, não se fazia mais necessário aplicá-lo, como se fosse um luxo demasiado. Aliás, tudo sempre resultava, da melhor maneira possível, numa indolente e voluptuosa passagem para as artes, ou seja, para as belas formas da existência, totalmente prontas, furtadas, em larga parte, dos poetas e romancistas, e adaptadas às mais diversas serventias e exigências. Eu, por exemplo, venci a todos; todos, bem entendido, viraram pó e veem-se obrigados a reconhecer as minhas perfeições, e eu os perdoo a todos. Poeta famoso e áulico, fico apaixonado; ganho incontáveis milhões e logo abro mão deles em favor da raça humana; a seguir, confesso, perante todo o povo, todos os meus vexames, os quais não são, bem entendido, vexames comuns, mas encerram em si uma infinitude de "belo e sublime" e algo peculiar de Manfred.[13] Todos me beijam, chorando (se não, que basbaques eles seriam!), e eu vou, descalço e esfomeado, pregar novas ideias e derroto

---

[13] Personagem do homônimo poema de George Byron (1788-1824), em que se reflete a filosofia do "tédio universal".

os retrógrados perto de Austerlitz.¹⁴ Depois tocam uma marcha, proclamam uma anistia, e o papa consente em mudar-se de Roma para o Brasil;¹⁵ faz-se, depois, um baile para toda a Itália, na Villa Borghese,¹⁶ que fica nas margens do Lago de Como, pois o Lago de Como foi transferido, nessa ocasião especial, para Roma; depois vem uma cena atrás da moita, etc., etc. — será que não sabem? Os senhores dirão que é baixo e vil pôr tudo isso no mercado hoje, após tantos arroubos e lágrimas por mim mesmo reconhecidos. Por que é vil, hein? Talvez me achem envergonhado com tudo isso e creiam que tudo isso tenha sido mais tolo do que qualquer acontecimento de sua própria vida, senhores? Acreditem, outrossim, que alguns sonhos meus não foram nada ruins... Nem tudo se passava nas margens do Lago de Como. De resto, os senhores têm razão: é realmente baixo e vil. E o mais vil é que comecei a defender-me na sua frente. E mais vil ainda é que faço agora esta observação. Aliás, já chega; se não, nunca vou terminar: uma coisa sairá mais vil que a outra...

De modo algum conseguia sonhar por mais de três meses consecutivos e começava a sentir uma necessidade invencível de socializar-me. A socialização significava para mim uma visita ao chefe de minha seção Anton Antônytch Sêtotchkin. Era o meu único conhecido permanente, em toda a vida, tanto assim que eu mesmo fico admirado hoje com essa circunstância. Contudo, ia visitá-lo tão só quando chegava a respectiva fase e meus sonhos alcançavam tamanha felicidade que me cumpria, indispensável e inadiavelmente, abraçar os seres humanos e toda a humanidade, precisando eu, para isso, dispor de pelo menos uma pessoa que existisse de fato. Aliás, tinha que visitar Anton Antônytch às terças-feiras (o dia dele) e, assim sendo, buscava marcar a compulsão de abraçar toda a humanidade justamente para a próxima terça-feira. Esse Anton Antônytch residia ao lado das Cinco Esquinas,¹⁷ no terceiro andar, ocupando quatro cubículos baixinhos, um menor que o outro, cuja aparência era a mais frugal e amarelinha. Moravam com ele duas filhas,

---

¹⁴ Alusão à derrota das tropas russas e austríacas pelo exército de Napoleão (1805).
¹⁵ Trata-se do conflito entre Napoleão I e o papa Pio VII, o qual excomungou o imperador francês em 1809 e, de fato, ficou prisioneiro deste por cinco anos, regressando a Roma em 1814.
¹⁶ Trata-se, possivelmente, da grandiosa festa que se deu em 1806, em homenagem à fundação do Império napoleônico.
¹⁷ Cruzamento de quatro ruas na parte histórica de São Petersburgo.

ambas de narizinho empinado, e a tia delas que servia o chá. Uma das filhas tinha treze e a outra catorze anos; eu ficava muito confuso na sua presença, visto que elas cochichavam sem parar e soltavam risadinhas. O dono de casa estava, de ordinário, sentado em seu gabinete, num sofá de couro, de frente para a mesa, com algum visitante de cabelo branco, servidor da nossa ou até mesmo de outra repartição. Nunca vi lá mais de dois ou três convidados, sempre os mesmos. Conversava-se sobre o imposto indireto, a barganha no Senado, os vencimentos, a economia; sobre a sua excelência, o jeito de agradar, etc., etc. Eu tinha a paciência de passar no meio dessas pessoas umas quatro horas e de escutá-las, abobalhado, sem ousar nem saber falar com elas de qualquer coisa. Ficava embotado, começava amiúde a transpirar, uma paralisia pairava em cima de mim, mas isso era bom e proveitoso. Voltando para casa, adiava por algum tempo o meu desejo de abraçar toda a humanidade.

De resto, tinha, digamos, mais um conhecido, Símonov, meu antigo colega de escola. Na verdade, tinha vários colegas de escola em Petersburgo, mas não fazia amizade com eles e mesmo deixara de cumprimentá-los na rua. Quem sabe se não me transferira para outra repartição a fim de afastar-me deles e de cortar, de uma vez por todas, a ligação com a minha odiosa infância? Maldita seja aquela escola, malditos sejam aqueles anos de escravidão! Numa palavra, despedi-me dos colegas, tão logo me libertei. Restavam dois ou três homens que ainda cumprimentava por ocasião do encontro. Um deles era Símonov, o qual não tinha nenhuma distinção na escola, era equilibrado e sossegado, porém demonstrava certa independência de caráter, e até mesmo certa honestidade em que eu havia reparado. Nem pensava que ele fosse por demais limitado. Antanho tivera alguns minutos bastante claros em companhia dele, mas aquilo não durara muito e de repente se obnubilara por completo. Essas lembranças incomodavam-no, pelo visto, e parecia que ele tinha medo de eu retomar o tom de outrora. Suspeitava que ele me achasse bem repugnante, mas visitava-o, ainda assim, por não ter toda a certeza disso.

Foi numa quinta-feira que, sem ter aguentado a solidão e sabendo que às quintas a porta de Anton Antônytch estava trancada, eu me lembrei de Símonov. Subindo ao terceiro andar, onde ele morava, pensava precisamente que vinha aborrecendo aquele senhor e que não valia a pena ir à sua casa. Mas como, afinal de contas, tais reflexões sempre me incentivavam, como que de propósito, a meter-me em situações ambíguas, entrei na casa dele. Quase um ano se passara desde o nosso último encontro.

III

Na casa dele, deparei-me com mais dois colegas de escola. Pelo visto, eles conversavam sobre algum negócio importante. Nenhum deles deu quase nenhuma atenção à minha chegada, coisa meio estranha, porque não nos víamos havia anos. Sem dúvida, eu não passava, para eles, de uma espécie de reles mosca. Não me tratavam desse jeito nem na escola, onde todo o mundo me odiava. Eu entendia, naturalmente, que eles deviam desprezar-me agora pelo fracasso de minha carreira profissional e pelo meu desleixo demasiado, más roupas, etc., manifestando isso, a seu ver, a minha incapacidade e insignificância. Ainda assim, não esperava por tamanho contempto. Símonov até ficou surpreso com a minha vinda. Aliás, minhas visitas surpreendiam-no desde sempre. Tudo isso me deixou perplexo; sentei-me, com certo enfado, e comecei a escutar a conversa deles.

Sua conversa séria e até mesmo acalorada referia-se ao almoço de despedida que esses senhores queriam organizar juntos, no dia seguinte, para o seu companheiro, oficial Zverkov, que partia para uma província distante. Monsieur Zverkov tinha sido, ao mesmo tempo, meu colega de escola. Passei a odiá-lo, em particular, desde as classes superiores. Nas classes primárias, ele era apenas um menino travesso e bonitinho de quem todo mundo gostava. De resto, odiava-o já nas classes primárias, exatamente por ele ser um menino travesso e bonitinho. Seus estudos sempre iam de mal a pior; no entanto, saiu da escola com êxito, porque tinha padrinhos. No último ano dos estudos, recebera duzentas almas como herança, e, visto que nós éramos quase todos pobres, passara a exibir-se na nossa frente. Ele era vulgar no mais alto grau, porém gente boa, mesmo quando se exibia. Apesar das aparentes, fantásticas e grandiloquentes formas de honra e dignidade que existiam entre nós, todos (à exceção de uns poucos colegas) andavam bajulando Zverkov, quanto mais ele se exibisse. E não o bajulavam em busca de algum proveito, mas tão somente porque era um moço favorecido pelos dons da natureza. Ainda por cima, tínhamos o hábito de considerar Zverkov um perito em matéria de habilidade e bons modos. Essa última coisa me enraivecia sobremaneira. Eu odiava o brusco e seguro de si tom de sua voz, bem como a adoração de suas próprias piadas, as quais soavam horrivelmente bobas, embora ele tivesse uma língua afiada. Eu odiava seu rosto, bonito, mas abobado (pelo qual, aliás, gostaria de trocar o meu rosto inteligente), e a desenvoltura de suas maneiras de oficial dos anos quarenta. Eu odiava seus relatos sobre as vindouras conquistas do mulherio (ele não ousava envolver-se com mulheres, antes que ganhasse as dragonas,[18] e esperava, ansioso, por estas) e os duelos que tramaria a cada instante. Lembro como, sempre calado, de súbito me atraquei com Zverkov, quando ele, contando, nas horas vagas, aos colegas sobre as futuras safadezas e tendo-se, afinal, repimpado feito um cachorrinho no sol, de supetão declarou que não deixaria de lado nenhuma mocinha em sua aldeia, sendo aquilo seu *droit de seigneur*,[19] e que iria açoitar todos os homens, acaso se atrevessem a protestar, e impor-lhes a eles, canalhas barbudos, o dobro de *obrok*.[20] Nossa cambada batia palmas, e eu briguei com ele — não por compaixão pelas mocinhas e pelos seus pais, mas simplesmente porque se aplaudia tanto uma nulidade daquelas. Venci-o então, conquanto Zverkov, abobado que era, porém alegre e afoito, tivesse retrucado com riso, de tal sorte que eu, a falar verdade, não o venci totalmente: o riso lhe dera vantagem. Mais tarde, ele me derrotou outras vezes, mas sem maldade e como que de passagem, brincando e rindo. Eu não lhe respondia, cheio de rancor e desprezo. Após a formatura, ele tentou aproximar-se de mim; lisonjeado com isso, eu não resistia muito, contudo nos separamos rápida e naturalmente. Depois ouvi falarem sobre os sucessos dele, já tenente, pelos quartéis e sobre as suas farras. Depois correram outros rumores, de como Zverkov subia em seu serviço. Deixou de cumprimentar-me na rua, e eu suspeitei que estivesse com medo de prejudicar sua ascensão cumprimentando uma pessoa tão insignificante quanto eu. Também o vi, uma vez, no teatro, ali no camarote de cima, já com agulhetas.[21] Estava adulando,

---

[18] Pala ornada de franjas de ouro que os militares usam em cada ombro.
[19] Direito senhoril (em francês): costume da Idade Média, segundo o qual a serva devia passar a noite de núpcias com seu senhor.
[20] Tributo pago aos fazendeiros pelos camponeses russos, de modo geral, em produtos.
[21] Adorno usado em cima do uniforme militar, também conhecido como *fourragère*.

com servilismo, as filhas de um general caduco. Em cerca de três anos, tinha-se degradado muito, embora continuasse assaz bonito e hábil; inchara-se, começara a engordar; dava para ver que, pelos trinta anos, ficaria todo obeso. Para aquele Zvérkov, que finalmente ia embora, os companheiros queriam aprontar um almoço. Nos últimos três anos, andavam o tempo todo com ele, se bem que, lá no fundo, não se achassem em pé de igualdade — estou certo disso.

Um dos dois convidados de Símonov era Ferfítchkin, um alemão russificado, pequenininho, com cara de macaco, bobão que zombava de todos e o meu maior inimigo desde as classes primárias, vil, insolente, fanfarrão a bancar a mais melindrosa ambição, ainda que fosse, bem entendido, covarde lá dentro. Era um daqueles admiradores de Zvérkov que o cortejavam por interesse e frequentemente lhe pediam dinheiro emprestado. O outro convidado de Símonov, Trudoliúbov, era uma pessoa ordinária — um rapaz militar, de grande altura, com uma fisionomia fria, bastante honesto, mas venerador de qualquer sucesso e capaz de falar tão só da economia. Tinha remoto parentesco com Zvérkov, e isso — que bobagem dizê-lo! — atribuía-lhe certa importância em nosso meio. Nunca me dera valor nenhum, mas o seu tratamento, mesmo sem ser muito polido, era aturável.

— Pois bem, se forem sete rublos — disse Trudoliúbov —, nós três pagaremos vinte e um por um bom almoço. É claro que Zvérkov não paga.

— Sem dúvida, já que o convidamos — resolveu Símonov.

— Será que vocês acham — intrometeu-se Ferfítchkin, com a arrogância e o entusiasmo de um insolente lacaio que se gaba das estrelas do general, patrão dele —, será que vocês acham que Zvérkov nos deixará pagar tudo? Aceitará por cortesia, mas, em compensação, botará na mesa meia dúzia por sua conta.

— Meia dúzia é muita coisa para nós quatro — notou Trudoliúbov, prestando atenção somente àquela meia dúzia.

— Então, nós três mais Zvérkov, somos quatro; vinte e um rublos, no Hôtel de Paris, amanhã às cinco horas — arrematou Símonov, eleito por responsável.

— Como assim, vinte e um rublos? — disse eu com certa emoção e mesmo visivelmente sentido. — Se contarem comigo, não serão vinte e um, mas vinte e oito rublos.

Parecia-me que promover a minha pessoa, assim tão de repente, seria muito bonito, e que todos eles, vencidos de uma vez só, passariam a encarar-me com deferência.

— Será que você também quer? — perguntou Símonov, descontente e como que evitando olhar para mim. Ele me conhecia até a ponta das unhas.

Fiquei com raiva de ele me conhecer até a ponta das unhas.

— E por que não? Parece que também sou colega, e mesmo estou sentido, confesso-lhe, de que me pretiram — respondi, borbulhando.

— E onde estava antes? — intrometeu-se Ferfítchkin, grosseiramente.

— Você sempre se dava mal com Zverkov — acrescentou Trudoliúbov, carregando o cenho. Mas eu já me agarrei e não soltava mais.

— Acho que ninguém tem o direito de julgar isso — repliquei com uma voz trêmula, como se Deus soubesse o que tivesse acontecido. — Talvez seja por isso mesmo que quero ir, porque antes não me dava bem com ele.

— Não há quem entenda... essas suas sublimidades... — sorriu Trudoliúbov.

— Vamos esperar por você — decidiu Símonov, dirigindo-se a mim. — Amanhã às cinco horas, no Hôtel de Paris; veja se não erra de caminho.

— Mas o dinheiro? — voltou a falar Ferfítchkin a meia-voz, inclinando a cabeça para o meu lado, mas logo se calou, porque mesmo Símonov ficou embaraçado.

— Chega — disse Trudoliúbov, ao levantar-se. — Se ele quiser tanto, que venha.

— É que nosso círculo é assim, amigável — retrucou Ferfítchkin, irritado, e também pegou seu chapéu. — Não é uma reunião oficial. Talvez não o queiramos nem perto...

Eles se retiraram. Ferfítchkin sequer me cumprimentou na saída, e Trudoliúbov abanou de leve a cabeça, sem olhar para mim. Fiquei a sós com Símonov, o qual estava numa penosa perplexidade e fitava-me de maneira estranha. Não se sentava nem propunha que eu me sentasse.

— Hum... sim... então amanhã. Você vai pagar agora mesmo? É só para ter certeza — murmurou ele, confuso.

Fiquei todo vermelho, lembrando que, desde os tempos imemoráveis, devia a Símonov quinze rublos: jamais lhe devolvera o dinheiro nem me esquecera da dívida.

— Concorde você mesmo, Símonov, que eu não podia saber, entrando aqui... e lamento muito ter esquecido...

— Está bem, está bem, não importa. Pagará amanhã, no almoço. Era só para eu saber... Você, por favor...

Ele se calou e começou a andar pelo quarto, ainda mais aborrecido. Andando, pisava nos saltos e batia no chão com mais força.

— Será que o incomodo? — perguntei após dois minutos de silêncio.

— Oh, não! — de chofre, ele se animou. — Quer dizer, na verdade, sim. Veja bem, ainda precisava ir a... É cá pertinho... — adicionou, como que pedindo desculpas e levemente envergonhado.

— Ah, meu Deus! Por que não me disse a-a-antes? — exclamei, pegando o casquete, aliás, com um ar de espantosa desenvoltura que de repente surgira Deus sabe de onde.

— É cá pertinho... Dois passos... — repetia Símonov, acompanhando-me até a antessala, com uma expressão agoniada que não combinava com ele. — Então amanhã, às cinco horas em ponto! — gritou, quando eu descia a escada, decerto muito contente de me ter despachado. Quanto a mim, estava enfurecido.

— Precisava, mas precisava mesmo me meter nisso! — rangia os dentes, indo pela rua. — E justo aquele leitão, cafajeste Zverkov! É claro que não vou lá, é claro que cuspo nele! Estou amarrado, por acaso? Amanhã mesmo informarei Símonov pelo correio urbano...

Estava enfurecido exatamente por saber, com toda a certeza, que iria lá no dia seguinte, que iria de propósito, e que, quanto mais inconveniente e indecente fosse ir, tanto mais rápido iria.

Havia, inclusive, um verdadeiro obstáculo para isso: não tinha dinheiro. Sobravam-me apenas nove rublos. Porém, no dia seguinte, cumpria-me pagar sete rublos a Apollon, meu criado, que morava em minha casa por sete rublos mensais, comprando ele mesmo sua comida.

E não pagar era impossível, julgando pelo caráter de Apollon. Mas desse canalha, dessa maldição minha eu falarei mais tarde.

De resto, tinha plena certeza de que não pagaria a Apollon, para ir lá sem falta.

Tive naquela noite sonhos abomináveis. Nada surpreendente: vinham-me oprimindo, ao longo de toda a tarde anterior, as lembranças dos tristes anos de minha escravidão escolar, e eu não conseguia livrar-me delas. Foram meus contraparentes, dos quais dependia na época e de quem não tinha desde então nenhuma notícia, que me colocaram naquela escola — órfão, já assustado com suas censuras, já pensativo e taciturno, a contemplar tudo com apreensão. Os colegas me receberam com zombarias maldosas e inclementes, porque não me assemelhava a nenhum deles. Não suportava essas zombarias nem podia comunicar-me com os colegas da mesma maneira fácil como eles se comunicavam entre si. Senti logo o ódio por eles e recolhi-me, a despeito de todos, num orgulho medroso, suscetível e desmedido. A sua grosseria me deixou indignado. Eles se riam, cínicos, de minha cara e de meu corpo desajeitado; entretanto, que caras bobas tinham eles mesmos! Na nossa escola, as expressões faciais se alteravam, ficando particularmente bobas. Quantos garotos lindos entravam naquela escola! Ao cabo de alguns anos, até olhar para eles daria nojo. Ainda com dezesseis anos de idade, fitava-os lúgubre; àquela altura, já me espantavam a mesquinhez de sua mentalidade e a tolice de suas ocupações, brincadeiras e conversas. Eles não compreendiam tais coisas indispensáveis, não se interessavam por tais assuntos vultosos e assombrosos que involuntariamente passei a considerá-los inferiores a mim. Não era a minha vaidade ultrajada que me instigava, e não me venham, pelo amor de Deus, com essas frases que me enjoam de tão banais: "estavas apenas sonhando, enquanto os outros já entendiam a vida real." Não entendiam lá patavina, nenhuma vida real, e juro que era o que mais me irritava. Pelo contrário, a mais evidente, a mais gritante realidade era percebida, nesse meio, com uma tolice fantástica; já então eles costumavam idolatrar tão só o sucesso. Riam-se, cruel e vergonhosamente, de tudo o que, sendo justo, estava intimidado e humilhado. Tomando o título por um sinal de inteligência, falavam, aos dezesseis anos, de sinecuras. É claro que havia nisso muita coisa provinda da asneira e dos maus exemplos que rodeavam, o tempo todo, a sua infância e mocidade. Eram devassos até a feiura. Nisso também havia, bem entendido, muita pose e muito cinismo falso; é claro que a juventude e certo frescor se entreviam neles, por trás da devassidão, mas até esse frescor era repulsivo, manifestando-se através do sarcasmo. Sentia pelos colegas um ódio terrível, se bem que fosse, eu mesmo, pior ainda. Eles me tratavam do mesmo jeito, sem esconderem o asco por mim. Contudo não desejava mais seu amor; ao contrário, constantemente queria ser humilhado. Para me libertar das suas zombarias, comecei, de propósito, a estudar da melhor maneira possível, tornando-me um dos melhores alunos. Aquilo lhes impôs respeito. Ademais, eles todos chegaram, aos poucos, a perceber que eu já lia os livros que não podiam ter lido e entendia as coisas (não inclusas em nosso curso especial) das quais sequer tinham ouvido falar. Percebiam isso espantados e escarninhos, porém se curvavam moralmente, tanto mais que mesmo os professores me davam atenção por esse motivo. As zombarias cessaram, mas ficou a hostilidade, e as relações frias e tensas estabeleceram-se entre nós. Por fim, eu mesmo não aguentei, surgindo, com os anos, a necessidade de companhia, de amigos. Tentei aproximar-me de alguns dos colegas, mas essa aproximação nunca era natural e, por si só, terminava. Uma vez, tive um amigo de verdade. Mas, sendo já déspota, cá dentro, eu aspirava ao poder irrestrito sobre a alma dele, queria impor-lhe o desprezo pelo seu ambiente e acabei exigindo que rompesse, com altivez e em definitivo, com esse ambiente. Amedrontei-o com minha amizade extática, levei-o, criatura ingênua e entusiasta, às lágrimas e convulsões, mas, quando ele se entregou a mim totalmente, logo senti aversão por ele e rechacei-o, como se precisasse do amigo somente para vencê-lo e conseguir sua submissão. No entanto, não poderia vencer a todos, e meu amigo tampouco se parecia com eles, sendo uma exceção raríssima. A primeira coisa que fiz ao sair da escola consistia em abandonar aquele serviço específico, ao qual estava predestinado, a fim de romper todos os fios, amaldiçoar o passado e misturá-lo com cinzas... Sabe lá o diabo para que, depois disso, vim visitar o tal Símonov!...

 Levantei-me de manhã cedo, pulei da cama todo emocionado, como se aquilo tudo fosse acontecer imediatamente. Acreditava que certa mudança radical estava por ocorrer e com certeza ocorreria logo em minha vida. Aliás, cada evento externo, nem que fosse ínfimo, sempre me fazia pensar — talvez, por falta de hábito — que alguma mudança radical se daria agorinha comigo. Fui à repartição no horário costumeiro, mas me esgueirei dali duas horas antes do prazo, para me preparar. O mais importante, pensava, é não ser o primeiro a chegar, senão, eles vão pensar que fiquei animado demais. Havia, porém, milhares de coisas importantes, e todas elas me inquietavam até o esgotamento. Mais uma vez, engraxei pessoalmente as minhas botas; Apollon não ia engraxá-las duas vezes por dia nem por todo o ouro do mundo, achando que isso não era correto. Engraxei-as, furtando as escovas da antessala, para ele não reparar nisso, de alguma forma, e não passar depois a desprezar-me. Examinei, a seguir, minhas roupas e achei-as todas velhas, surradas, gastas. Tinha-me descuidado em demasia. O uniforme estava, pelo visto, em ordem, mas quem iria almoçar uniformizado? E o mais feio: na minha calça, exatamente no joelho, havia uma enorme mancha amarela. Eu pressentia que apenas essa mancha me subtrairia nove décimos da dignidade. Sabia também que era muita baixaria pensar assim. "Mas agora não adianta pensar, agora vem a realidade" — cismava eu e ficava desanimado. Sabia bem, outrossim, que estava exagerando monstruosamente todos aqueles fatos, mas não tinha mais nada a fazer: sem poder acalmar-me, tremelicava de febre. Imaginava, desesperado, com que frieza e arrogância me trataria o "vilão" Zverkov, com que desdém obtuso e irresistível olharia para mim o abestado Trudoliúbov, que risadas maliciosas e insolentes me dirigiria o pigmeu Ferfítchkin para agradar Zverkov, com que nitidez perceberia tudo isso Símonov, dentro de si, e como me desprezaria pela baixeza de minha vaidade e pusilanimidade, e, o essencial, como tudo isso seria mísero, não literário, cotidiano. Estava claro que a melhor coisa seria deixar de ir lá. Mas isso é que era absolutamente impossível: quando sentia alguma vontade, rendia-me a ela de todo, com todas as tripas. Ter-me-ia atenazado, depois, a vida inteira: "E aí, tiveste medo da realidade, tiveste, tiveste?" Pelo contrário, estava ansioso por provar a toda aquela "escória" que não era tão covarde como imaginava ser. Não só isso: no maior paroxismo da minha febre temerosa, sonhava em tomar a dianteira, em vencê-los, entusiasmar e fazer com que me amassem, tão só "por sublimidade dos pensamentos e argúcia indubitável". Eles abandonariam Zverkov, ele ficaria sentado de lado, silencioso e cheio de vergonha, e eu o esmagaria. Faríamos, quem sabe, as pazes mais tarde e passaríamos, brindando, a tratar um ao outro por "tu"; porém, o que mais me ofendia e magoava era saber, já naquele momento, saber plena e seguramente que, no fundo, não precisava de nada disso, que, no fundo, não tinha a menor vontade de esmagar, subjugar ou atraí-los, e que eu mesmo não daria pelo resultado todo, acaso o alcançasse, um só vintém. Oh, como rogava a Deus para aquele dia acabar o mais depressa possível! Numa angústia inexprimível, aproximava-me da janela, abria o postigo e perscrutava a turva bruma da neve molhada que caía espessa...

Enfim o meu ruinzinho relógio de parede deu cinco chiados. Peguei meu chapéu e, procurando não olhar para Apollon, o qual desde a manhã esperava pelo seu dinheiro, mas, orgulhoso que era, não queria puxar conversa a respeito, saí porta afora e, pagando os últimos cinquenta copeques ao cocheiro de uma carruagem luxuosa, fui, tal e qual um grã-fino, ao Hôtel de Paris.

IV

Eu sabia, desde a noite anterior, que seria o primeiro a chegar. De resto, não se tratava mais da primazia.

Nenhum deles ainda estava ali, de modo que me custou encontrar o cômodo reservado. Nem tinham começado a arrumar nossa mesa. O que significava isso? Após várias indagações, os criados me informaram que o almoço não fora marcado para as cinco horas, e, sim, para as seis. Isso me foi confirmado também no bufê. Até fiquei envergonhado de perguntar. Eram apenas cinco e vinte e cinco. Tendo mudado de horário, eles deviam, em todo caso, ter-me avisado (para isso é que existia, enfim, o correio urbano), em vez de expor-me a tanto "vexame" comigo mesmo e... e, ademais, na frente dos criados. Sentei-me; um criado começou a pôr a mesa, e sua presença fez aumentar a minha amargura. Por volta das seis horas, além dos candeeiros que iluminavam o cômodo, trouxeram as velas. No entanto, o criado sequer pensou em trazê-las antes, assim que eu cheguei. No cômodo vizinho almoçavam, em mesas separadas, dois fregueses soturnos, de cara amarrada, calados. E num dos cômodos afastados havia muito barulho: ouviam-se gritos e gargalhadas de toda uma caterva, bem como aqueles guinchos franceses, pois do almoço participavam lá umas damas. Numa palavra, meu nojo estava imenso. Raras vezes passara por momentos piores, e quando, às seis horas em ponto, eles apareceram todos juntos, fiquei, a princípio, alegre, como se fossem meus libertadores, e quase esqueci que tinha de ostentar a minha mágoa.

Zverkov entrou na frente de todos, obviamente mandando. Estava ridente, como toda a turminha, mas endireitou-se, quando me viu, aproximou-se de mim sem pressa, dobrando um pouco a cintura, feito uma coquete, e estendeu a mão, afável, mas cautelosamente, com uma amabilidade, diria eu, própria de um general, como se quisesse, enquanto nos cumprimentávamos, resguardar-se de alguma coisa. Eu imaginava, pelo contrário, que ele começaria, tão logo entrasse, a soltar, quase ganindo, suas antigas risadas agudas, e que, desde as primeiras palavras, choveriam suas toscas piadas e anedotas. Preparava-me, de antemão, para enfrentá-las, mas não esperava, de modo algum, por essa altivez e amabilidade assoberbada. Então, ele se considerava agora infinitamente superior a mim em todas as dimensões? Se pretendesse apenas ofender-me com esse seu jeito de general, seria coisinha pouca, pensava eu, responderia a ele com umas cuspidas. E se ele realmente, sem a menor vontade de ofender, pusesse em sua cachola ovina a ideiazinha de que, sendo infinitamente superior a mim, poderia mesmo encarar-me com esses ares de padrinho? Fiquei ofegante tão só com essa conjetura.

— Sua vontade de participar do nosso almoço deixou-me surpreso — disse Zverkov, ciciando e arrastando as palavras, o que não fazia antes. — Não nos encontrávamos havia tempos. O senhor nos evita. Faz mal. Não somos tão medonhos quanto lhe parecemos. Pois bem; de qualquer maneira, estou contente de re-co-me-çar...

Ele se virou, desdenhoso, para colocar o chapéu no peitoril da janela.

— Faz tempo que espera? — perguntou Trudoliúbov.

— Cheguei às cinco horas em ponto, como havíamos combinado ontem — respondi em voz alta, com a irritação que pressagiava o próximo estouro.

— Você não disse a ele que mudaríamos de horário? — Trudoliúbov se dirigiu a Símonov.

— Não. Esqueci — replicou Símonov, sem sombra de arrependimento. Nem sequer me pediu perdão e foi tratar dos petiscos.

— Já está aí uma hora? Ai, coitadinho! — exclamou Zverkov, zombeteiro, visto que, segundo as noções dele, isso realmente devia ser engraçadíssimo. O cafajeste Ferfítchkin logo se pôs a rir com sua voz asquerosa e sonora, tal e qual a de uma cadelinha. Ele também achava a minha situação muito ridícula e vergonhosa.

— Não há graça nenhuma! — gritei a Ferfítchkin, cada vez mais irritado. — A culpa não é minha, e sim dos outros. Não se dignaram a avisar-me. Isso, isso, isso... é um absurdo.

— Não só um absurdo, mas também outra coisa — resmungou Trudoliúbov, defendendo-me por ingenuidade. — Você está brando demais. É uma falta de educação. Não proposital, bem entendido. Como foi que Símonov... hum!

— Se me pregassem uma peça dessas — notou Ferfítchkin —, iria...

— Devia ter mandado servir algum prato — interrompeu Zverkov —, ou mesmo ter começado o almoço, sem nos esperar.

— Concorde que poderia ter feito isso sem nenhuma autorização — retruquei eu. — Se estava esperando, era...

— Sentemo-nos, senhores! — exclamou Símonov, entrando. — Está tudo pronto; garanto que o champanhe ficou bem gelado... Não conhecia seu endereço, onde iria procurá-lo? — dirigiu-se, repentinamente, a mim, outra vez sem olhar para a minha cara. Pelo visto, tinham-lhe surgido, após a nossa recente conversa, algumas objeções.

Sentei-me, igual a todos. A mesa era redonda. À minha esquerda ficou Trudoliúbov, e a minha direita, Símonov. Zverkov se sentou diante de mim, e Ferfítchkin, ao lado dele, entre Zverkov e Trudoliúbov.

— Di-i-iga, o senhor está... no departamento? — continuava a importunar-me Zverkov. Vendo que eu estava muito confuso, ele imaginava, seriamente, que lhe cumpria, para assim dizer, animar-me com sua amabilidade. "Talvez queira que jogue uma garrafa nele?" — pensei, furioso. Por falta de hábito, irritava-me com uma rapidez anômala.

— Na repartição de... — repliquei, absorto no meu prato.

— E... es-s-stá c-c-contente? Di-i-iga o que o levo-o-ou a deixar o serviço antigo?

— O que me levo-o-ou foi a vontade de deixar o serviço antigo — arrastei o triplo, quase perdendo o juízo. Ferfítchkin soltou uma risadinha. Símonov olhou para mim com ironia. Trudoliúbov parou de comer e passou a examinar-me curioso.

Zverkov ficou chateado, porém se conteve.

— Bo-o-om, e o seu sustento?

— Que sustento é esse?

— Quer dizer, o seu s-salário?

— Mas que exame o senhor me faz?

De resto, não demorei em dizer o montante de meus vencimentos. Estava todo vermelho.

— Pouca coisa — notou Zverkov com soberba.

— Pois é, não dá para almoçar em cafés-restaurantes! — acrescentou o afoito Ferfítchkin.

— Para mim, é simplesmente uma pobreza — disse Trudoliúbov, sério.

— E como o senhor emagreceu, como mudou... desde lá... — adicionou Zverkov, já meio cáustico, examinando minha postura e meu terno com certa insolente comiseração.

— Chega de constrangê-lo! — exclamou Ferfítchkin, em meio às risadinhas.

— Prezado senhor, fique sabendo que não estou constrangido — entrei, afinal, na conversa —, ouviu? Almoço aqui, no "café-restaurante", com o meu dinheiro, o meu e não o dos outros, anote-o, Monsieur Ferfítchkin.

— Como? Quem é que não almoça aqui com seu dinheiro? Você parece... — vermelho que nem um pimentão, Ferfítchkin se agarrou à minha frase, fitando-me com raiva.

— Bem — respondi, ao sentir que tinha ido longe demais —, acho que seria melhor travarmos uma conversa mais inteligente.

— Está disposto, talvez, a exibir sua inteligência?

— Não se preocupe, seria totalmente desnecessário, por aqui.

— Que é isso, meu senhorzinho, que cacarejos são esses, hein? Teria endoidecido, por acaso, nesse seu "lepartamento"?

— Chega, senhores, chega! — gritou o onipotente Zverkov.

— Quanta bobagem! — resmungou Símonov.

— De fato, uma bobagem: reunimo-nos, entre amigos, para nos despedir do nosso bom companheiro, e você vem acertar as contas — disse Trudoliúbov, dirigindo-se, brutalmente, tão só a mim. — Foi você mesmo quem se impôs ontem; não desarranje, pois, a harmonia da gente...

— Chega, chega! — vociferava Zverkov. — Basta, senhores, assim não dá. É melhor eu lhes contar como quase me casei, antes de ontem...

Eis que começou uma pasquinada de como aquele senhor quase se casara, dois dias antes. Não se tratava, aliás, de nenhum matrimônio, mas o relato pululava de generais, coronéis e até pajens, estando Zverkov quase à frente deles. Ouviu-se um riso aprobatório; Ferfítchkin chegava mesmo a guinchar.

Abandonado por todos, eu estava esmagado e aniquilado.

"Meu Deus, essa é minha companhia? — pensava. — E como me mostrei bobo a todos eles! Deixei, entretanto, Ferfítchkin falar demais. Esses basbaques pensam que é uma honra eu compartilhar a mesa com eles; nem sequer entendem que a honra é toda deles e não minha!

"Emagreceu! Terno!" Oh, calça maldita! Zverkov logo reparou na mancha amarela, aqui no joelho... Fazer o quê? Agora mesmo, neste exato instante sair da mesa, pegar o chapéu e simplesmente ir embora, sem uma palavra... Por desprezo! E amanhã, nem que seja duelo. Canalhas! Não vou lamentar sete rublos, vou? Talvez eles pensem... Que diabo! Não vou lamentar sete rublos! Saio agora mesmo!..."

É claro que fiquei lá.

Contrariado, bebia laffite e xerez, copo sobre copo. Por falta de hábito, logo me embriaguei, fazendo a embriaguez crescer a contrariedade. Quis, de repente, ofendê-los, a todos, do modo mais atrevido e só depois ir embora. Escolher o momento oportuno e exibir-me; que eles digam: inteligente, se bem que ridículo, e... e... numa palavra, que o diabo os carregue!

Passei por todos eles um olhar turvo e insolente. Mas eles já pareciam ter-me esquecido completamente. O almoço corria ruidoso, algazarrento, alegre. Falava somente Zverkov. Comecei a prestar atenção. Zverkov contava sobre uma dama rechonchuda que ele levara, enfim, às declarações de amor (mentia, bem entendido, feito um cavalo), dizendo que nesse negócio fora ajudado, notadamente, pelo amigo do peito, certo principezinho Kólia, hussardo e titular de três mil almas.

— Contudo esse seu Kólia, que possui três mil almas, não está nem aqui para se despedir do senhor — intrometi-me, de súbito, na conversa. Por um minuto, ficaram todos calados.

— Já está bêbado — Trudoliúbov se dignou, finalmente, a reparar em mim, olhando para o meu lado de soslaio e com desdém. Zverkov me examinava, em silêncio, como se eu fosse um besourinho. Eu abaixei os olhos. Símonov se pôs, apressado, a servir o champanhe.

Trudoliúbov ergueu sua taça, seguido de todos, à exceção de mim.

— À sua saúde e boa viagem! — gritou para Zverkov. — Aos velhos tempos, senhores, ao nosso futuro. Hurra!

Todos beberam e foram beijocar Zverkov. Eu estava imóvel; a minha taça, posta na frente, continuava cheia.

— E você não vai beber, não? — rugiu Trudoliúbov, perdendo a paciência e dirigindo-se a mim com ar de ameaça.

— Eu quero fazer um brinde especial, por minha parte... então é que vou beber, senhor Trudoliúbov.

— Que cara chato! — resmungou Símonov.

Endireitei-me na cadeira e empunhei a taça, preparando-me, febricitante, para algo extraordinário, mas sem saber ainda o que diria exatamente.

— *Silence!*[22] — bradou Ferfítchkin. — Vem aí um bocado de inteligência!

Zverkov esperava bem sério, entendendo de que se tratava.

— Senhor tenente Zverkov — comecei eu —, fique sabendo que detesto a falácia, os falastrões e aqueles jogos de cintura... Este é o primeiro ponto, e depois vem o segundo.

Todos se agitaram.

— Segundo ponto: detesto os moranguinhos[23] e a quem goste deles. Sobretudo, a quem goste de moranguinhos!

— Terceiro ponto: gosto da verdade, da sinceridade e da honestidade — continuava quase maquinalmente, pois já ficara gélido de medo, sem entender como dizia tais coisas... — Gosto de ideias, Monsieur Zverkov; gosto da verdadeira camaradagem, em pé de igualdade, e não... hum... Gosto... De resto, por que não? Eu também brindarei à sua saúde, Monsieur Zverkov. Seduza as circassianas,[24] atire nos inimigos da pátria e... e... À sua saúde, Monsieur Zverkov!

Zverkov se levantou da cadeira, saudou-me e disse:

— Muito lhe agradeço.

Estava horrivelmente sentido e até ficou pálido.

— Que diabo! — bramiu Trudoliúbov, dando um soco na mesa.

— Não, por isso quebram a cara! — guinchou Ferfítchkin.

— Temos que botá-lo fora! — resmungou Símonov.

— Nem uma palavra, senhores, nem um gesto! — gritou solenemente Zverkov, retendo a indignação geral. — Agradeço-lhes a todos, mas poderei provar a ele, eu mesmo, quanto apreço dou às suas palavras.

— Senhor Ferfítchkin, amanhã mesmo vou reclamar-lhe satisfações pelas suas falas recentes! — disse eu alto, dirigindo-me, imponente, a Ferfítchkin.

— Quer dizer, um duelo? Fique à vontade — respondeu ele, mas eu devia parecer tão ridículo e esse meu desafio destoava tanto da minha figura que todos, inclusive Ferfítchkin, caíram na gargalhada.

---

[22] Silêncio (em francês).
[23] Alusão às aventuras amorosas.
[24] Mulher da Circássia, região situada ao norte do Cáucaso.

— Deixem-no para lá! Está totalmente bêbado! — declarou Trudoliúbov com asco.

— Nunca me perdoarei de tê-lo chamado! — voltou a resmungar Símonov.

"Agora seria bom jogar uma garrafa neles todos" — pensei eu, peguei a garrafa e... enchi o meu copo até a borda.

"... Não, é melhor ficar até o final! — continuava pensando. — Eta, como os senhores se alegrariam, se eu fosse embora. De jeito nenhum. Ficarei cá de propósito, bebendo até o final, para mostrar que não ligo a eles a mínima importância. Ficarei cá bebendo, porque estamos numa bodega, e eu paguei para entrar. Ficarei cá bebendo, porque os tenho como peões, peões que nem sequer existem. Ficarei cá bebendo... e cantando, se quiser, sim, cantando, porque tenho pleno direito... de cantar... hum."

Mas eu não cantava. Buscava apenas não olhar para nenhum deles; tomava as poses mais independentes e esperava, com impaciência, eles mesmos começarem a falar comigo. Ai de mim, não falavam; e como, como gostaria, nesse momento, de fazer as pazes com eles! O relógio deu oito e, afinal, nove horas. Eles passaram da mesa para o sofá. Zverkov se refestelava no meio, pondo um dos pés numa mesinha redonda. O vinho também se deslocou para lá. Zverkov realmente mandou trazer três garrafas por sua conta. Bem entendido, não me convidou a mim. Todos ficaram, ao seu redor, no sofá. Escutavam-no quase veneradores. Estava bem claro que gostavam dele. "Por quê, por quê?" — pensava eu com meus botões. De vez em quando, tomados daquele júbilo próprio dos beberrões, eles se beijavam. Falavam do Cáucaso, do que seria uma paixão de verdade, do galbique,[25] de bons cargos a exercer; de quanta renda apurava o hussardo Podkharjévski, que nenhum deles, entusiasmados com essa renda vultosa, conhecia em pessoa, da extraordinária beleza e elegância da princesa D., que também nenhum deles vira jamais. Chegou-se, por fim, a dizer que Shakespeare era imortal.

Sorrindo com desdém, eu andava ao longo da parede, do outro lado do cômodo, bem em face do sofá: da mesa à lareira e vice-versa. Com todas as forças tentava demonstrar que não precisava deles, porém o barulho que fazia com os saltos de minhas botas era proposital. Nada

---

[25] Jogo de cartas.

surtia efeito: eles me despercebiam. Tive a paciência de andar assim, bem na sua frente, das oito às onze horas, percorrendo o mesmo espaço da mesa à lareira e, de volta, da lareira à mesa. "Ando desta maneira e ninguém me pode proibir!" O criado, que entrava repetidamente no cômodo, detinha-se a olhar para mim; minhas frequentes viravoltas deixavam-me estonteado; por momentos, parecia que estava em delírio. Nessas três horas, fiquei todo suado e seco três vezes. E um pensamento me perpassava o coração com uma dor profunda e peçonhenta: decorreriam dez anos, vinte anos, quarenta anos, e não obstante, quarenta anos depois, lembrar-me-ia com asco e humilhação desses momentos mais sujos, ridículos e horripilantes de toda a minha vida. Seria impossível humilhar a mim mesmo de modo mais indecente e voluntário, eu tinha plena consciência disso, mas continuava, ainda assim, a andar da mesa à lareira e vice-versa. "Oh, se soubessem de que sentimentos e pensamentos sou capaz e como sou desenvolvido!" — pensava de vez em quando, referindo-me ao sofá em que estavam sentados os meus inimigos. Mas estes faziam de conta que nem me encontrava lá. Viraram-se para mim uma vez, uma vez só, quando Zverkov mencionou Shakespeare e eu, de repente, dei uma gargalhada desdenhosa. Ri de maneira tão falsa e asquerosa que todos eles pararam de conversar juntos e, durante uns dois minutos, observaram-me, sérios e taciturnos, andar ao longo da parede entre a mesa e a lareira, sem lhes dar um pingo de atenção. Não aconteceu nada: eles não falaram comigo e abandonaram-me, outra vez, ao cabo de dois minutos. O relógio deu onze horas.

— Senhores! — exclamou Zverkov, levantando-se do sofá. — Agora vamos todos lá.

— Claro, claro! — repetiram os outros.

Virei-me, de supetão, para Zverkov. Estava tão exausto, tão alquebrado que queria acabar comigo! Tremia de febre; molhados de suor, os cabelos grudavam-me na testa e nas têmporas.

— Zverkov, eu lhe peço perdão! — disse eu brusca e resolutamente. — Também lhe peço perdão, Ferfítchkin, e a todos... Foi a todos que ofendi!

— Anh, o duelo não é com ele! — chiou Ferfítchkin, sarcástico.

Senti uma dor aguda no coração.

— Não, Ferfítchkin, não tenho medo de duelo! Estou pronto a enfrentá-lo amanhã mesmo, já feitas as pazes. Até insisto nisso, e você não pode recusar. Quero provar-lhe que não tenho medo de duelo. Você será o primeiro a atirar, e eu atirarei pelos ares.

— Consola a si mesmo — notou Símonov.

— Pirou da cabeça! — replicou Trudoliúbov.

— Deixe-me passar. Por que é que ficou no meio do caminho?... O que quer? — perguntou Zverkov com desprezo. Todos eles estavam vermelhos, de olhos brilhantes. Tinham bebido muito.

— Eu procuro sua amizade, Zverkov; ofendi-o, mas...

— Ofendeu? O s-senhor? A mi-im? Pois fique sabendo, prezado senhor, que nunca, em caso algum, poderá ofender-me!

— E basta, vá embora! — arrematou Trudoliúbov. — Vamos.

— Olímpia é minha, senhores, combinado? — gritou Zverkov.

— De acordo, de acordo! — responderam os outros, rindo.

Fiquei arrasado. A corja saía, ruidosa, porta afora; Trudoliúbov entoou uma canção tola. Símonov demorou um minutinho para entregar gorjeta aos criados. De chofre, aproximei-me dele.

— Símonov, dê-me seis rublos! — disse, resoluto e desesperado.

Extremamente surpreso, ele fixou em mim seus olhos embaciados. Também estava bêbado.

— Será que vai conosco lá?

— Sim!

— Não tenho dinheiro! — retrucou ele, sorriu com desprezo e foi embora.

Peguei no capote dele. Era um pesadelo.

— Eu vi seu dinheiro, Símonov, por que me está repelindo? Serei um cafajeste? Tome cuidado, se me recusar!... Se soubesse, se você soubesse por que lhe peço! Disso depende tudo — todo o meu futuro, todos os planos.

Símonov tirou o dinheiro e quase o jogou para mim.

— Tome, já que está tão desavergonhado! — disse-me, inclemente, e foi correndo atrás dos outros.

Por um minuto, fiquei sozinho. Desordem, sobras de comida, cálice quebrado no chão, vinho derramado, pontas de cigarros, embriaguez e delírio na cabeça, dolorosa angústia no coração e, finalmente, o lacaio, que tinha visto e ouvido tudo, olhando-me, curioso, nos olhos.

— Ali! — exclamei. — Ou eles todos, ajoelhados, abraçando as minhas pernas, implorarão pela minha amizade, ou... ou eu darei uma bofetada em Zverkov!

V

— Ei-lo, então; ei-lo, enfim, o choque com a realidade — murmurava eu, descendo rapidamente a escada. — Decerto não é o papa que deixa Roma e parte para o Brasil; decerto não é o baile nas margens do Lago de Como!

"És cafajeste — pensei de passagem —, se zombares agora disso!"

— Que assim seja! — gritei, respondendo a mim mesmo. — Agora está tudo perdido!

Não havia mais nem rastro deles, mas isso não importava: eu sabia aonde tinham ido.

Perto da entrada estava plantado um cocheiro noturno, de *sermiaga*,[26] todo coberto daquela neve molhada que não cessava de cair e parecia morna. Um vapor abafadiço pairava no ar. Seu cavalinho mosqueado, todo hirsuto, também estava coberto de neve e tossia — lembro-me muito bem disso. Ia entrar no trenó do poviléu, mas, assim que levantei o pé, a recordação de como Símonov me dera agorinha seis rublos fez-me cair no assento que nem um saco.

— Não! Preciso fazer muita coisa para redimir isso tudo! — vociferei. — Mas vou redimir, ou então morrerei esta noite. Vai!

O cocheiro arrancou. Todo um turbilhão girava na minha cabeça.

"Eles não vão implorar, de joelhos, pela minha amizade. É uma miragem, uma vil e abominável, romântica e fantástica miragem, igualzinha ao baile nas margens do Lago de Como. Por isso é que me cumpre dar uma bofetada em Zverkov! É meu dever. Então, decidido: estou voando agora para esbofeteá-lo."

— Depressa!

O cocheiro puxou as rédeas.

"Darei um tapa, logo que entrar. É necessário dizer algumas palavras, como prefácio, antes da bofetada? Não! Apenas entrarei e darei um tapa. Eles todos estarão sentados na sala, e ele no sofá com Olímpia. Maldita Olímpia! Ela se riu, uma vez, da minha cara e repeliu-me. Vou puxar Olímpia pelos cabelos, e Zverkov pelas orelhas! Não, é melhor pegá-lo por uma orelha só e arrastar, desse jeito, através de toda a sala. Talvez eles todos me espanquem e joguem fora. Isso é mesmo certo.

---

[26] Traje dos camponeses russos confeccionado de burel.

Que assim seja! Em todo caso, sou eu que dou a bofetada, a iniciativa é minha, e, pelas leis da honra, é tudo: ele já está marcado e não adianta bater, não há outros meios de tirar essa bofetada, senão um duelo. Ele terá de duelar comigo. Que eles me batam agora. Que espanquem, plebeus! É Trudoliúbov quem vai bater mais que todos: ele é tão forte; Ferfítchkin vai agadanhar-me de lado e, com certeza, pelos cabelos, sem falta. Mas que seja assim mesmo, que seja! Esta é minha decisão. Suas cacholas ovinas serão, enfim, obrigadas a entender o trágico disso tudo! Quando eles me arrastarem em direção às portas, gritar-lhes-ei que, no fundo, eles não valem sequer meu mindinho."

— Depressa, cocheiro, depressa! — soltei um berro.

Estremecendo, o cocheiro ergueu o chicote. Meu grito fora selvagem em demasia.

"Vamos duelar de manhã, está decidido. Acabou o departamento. Ferfítchkin disse, há pouco, "lepartamento" em vez de "departamento". Mas onde arranjar as pistolas? Bobagem! Pedirei o salário adiantado e comprarei. E a pólvora, e as balas? Quem mexe com isso é o padrinho. Mas como arranjarei tudo isso até a manhã? E onde acharei o padrinho? Não tenho conhecidos..."

— Bobagem! — bradei, cada vez mais furioso. — Bobagem!

"A primeira pessoa que encontrar na rua, pedindo ajuda, tem de ser meu padrinho, como se precisasse tirar da água a quem se afoga. Os casos mais excêntricos hão de ser admitidos. Mesmo se chamasse amanhã o próprio diretor, até ele deveria consentir, apenas por sentimentos cavalheirosos, e guardar o sigilo! Anton Antônytch..."

O problema é que, nesse exato momento, eu imaginava, mais clara e nitidamente que qualquer pessoa no mundo inteiro, todo o absurdo execrabilíssimo de minhas conjeturas e todo o reverso da medalha, mas...

— Depressa, cocheiro, depressa, safado, depressa!

— Ai, senhorzinho! — respondeu-me o sal da terra.

De súbito, fiquei todo gelado.

"E não seria melhor... não seria melhor... ir agora mesmo para casa? Oh, meu Deus, por que, mas por que insisti ontem nesse almoço? Mas não, impossível! E o passeio da mesa à lareira, por três horas? Não, são eles, eles e ninguém mais, que devem pagar-me esse passeio! Eles devem lavar esse labéu!"

— Depressa!

"E se me levarem para a delegacia? Não ousarão! Temerão o escândalo. E se Zverkov desistir, por desprezo, de duelar comigo? Isso é mesmo certo, mas então vou provar-lhes a todos... Eu correrei atrás de Zverkov, quando ele estiver partindo amanhã, pegarei no pé dele, arrancarei seu capote, quando ele subir à carruagem. Eu darei uma dentada no seu braço, eu vou mordê-lo. "Olhem a que se pode levar um homem desesperado!" Que ele me bata na cabeça, e toda a corja, por trás. Vou gritar para todo o público: "Olhem, eis aqui um fedelho que vai seduzir as circassianas com minha cuspida no rosto!" É claro que isso vai acabar com tudo! O departamento se sumirá da face da terra. Serei preso e julgado, expulso do meu serviço, posto no cárcere e mandado para a Sibéria, desterrado. Pouco me importa! Ao cabo de quinze anos, arrastar-me-ei, indigente, todo esfarrapado, no seu encalço, quando me libertarem do cárcere. Encontrá-lo-ei numa cidade provinciana. Ele estará casado e feliz. Ele terá uma filha adulta... Eu direi: "Olha, verdugo, olha para as minhas faces cavadas e para os meus farrapos! Perdi tudo — carreira, felicidade, arte, ciência, mulher amada — por tua causa. Eis as pistolas. Vim descarregar a minha pistola e... e perdoar-te." Atirarei, então, pelos ares, e ninguém nunca me verá mais..."

Até desandei a chorar, embora tivesse, nesse exato momento, plena certeza de que tudo isso vinha do Sílvio[27] e do "Mascarada"[28] de Lêrmontov. Senti, de repente, uma vergonha horrível, a ponto de mandar parar o cavalo, sair do trenó e ficar no meio da rua nevada. O cocheiro me fitava, perplexo, e suspirava.

O que tinha a fazer? Se fosse ali, faria besteira; se deixasse o assunto como estava, faria... "Meu Deus! Será que posso deixar aquilo como está? Depois de tantas mágoas?"

— Não! — exclamei, arrojando-me, de volta, para o trenó. — Isso é meu destino, isso é fatal! Depressa vai lá, depressa!

Impaciente, desferi uma punhada no pescoço do cocheiro.

— Que é isso, por que estás batendo? — gritou o homenzinho, açoitando, entrementes, o cavalo com tanta força que este se pôs a dar coices.

---

[27] Personagem do conto *O tiro*, de Alexandr Púchkin (1799-1837), que dedicou sua vida à vingança.
[28] Trata-se do drama *Mascarada*, de Mikhail Lêrmontov (1814-1841).

A neve molhada caía em grandes flocos; desabotoado o meu traje, não reparava nela. Esquecera todo o restante, por ter optado, em definitivo, pelo tapa; apavorado, sentia que isso ocorreria de fato e agora mesmo, e que não havia forças capazes de preveni-lo. As tristes lanternas surgiam espalhadas, no meio do nevoeiro, iguais aos fachos do enterro. A neve se acumulara debaixo do meu capote, da sobrecasaca e da gravata, derretendo-se lá, mas eu não me cobria: de qualquer modo, já estava tudo perdido! Chegamos, afinal. Saltei do trenó quase inconsciente, subi correndo os degraus e comecei a bater à porta com mãos e pés. Eram, sobretudo, os joelhos que me falhavam. Abriram bem rápido, como se soubessem de minha vinda. (Na verdade, Símonov devia ter advertido que talvez chegasse mais uma pessoa, e nesses lugares era preciso advertir e tomar precauções em geral. Era uma daquelas antigas "lojas de modas" que mais tarde seriam todas fechadas pela polícia. Uma loja realmente funcionava ali de dia, e, de noite, quem tivesse recomendações podia vir para outros fins.) Atravessando, a passo lesto, a loja escura, entrei na sala que conhecia, onde brilhava só uma velinha acesa, e fiquei atônito: não havia ninguém.

— Onde estão eles? — perguntei.

Mas eles, por certo, já tinham ido embora...

Uma pessoa estava na minha frente, com um sorriso tolo — a dona da loja, que me conhecia em parte. Passado um minuto, a porta se abriu e outra pessoa entrou.

Sem atentar a nada, eu percorria a sala e conversava, parece, comigo mesmo. Estava como que salvo da morte, e todo o meu ser sentia, alegre: teria dado uma bofetada; sem sombra de dúvidas é que teria dado! Mas agora eles não estavam mais lá, e... tudo tinha desaparecido, mudado!... Olhava ao redor. Ainda não conseguia refletir. Maquinalmente examinei a moça que entrara: vi o semblante jovem e fresco, um tanto pálido, as sobrancelhas escuras e retas, e o olhar sério e um pouco surpreso dela. Gostei, desde logo, disso; tê-la-ia odiado, se estivesse sorrindo. Passei a mirá-la com mais atenção e certo esforço: ainda nem todos os pensamentos estavam reunidos. Havia algo simplório e bondoso naquele rosto, cuja seriedade me deixava pasmado. Estava seguro de que era sua desvantagem, nesse lugar, e que nenhum dos basbaques reparava nela. De resto, não se podia chamá-la de linda, conquanto fosse alta, robusta e bem proporcionada. Vestia uma roupa muito simples. Algo nojento repontou dentro de mim; aproximei-me dela...

Casualmente me vi no espelho. Meu rosto transtornado parecia extremamente repulsivo: pálido, maldoso, vil, de cabelos arrepiados. "Que assim seja, estou contente com isso — pensei —, justamente contente de ela me achar asqueroso; isso me agrada..."

VI

...Um relógio enrouquecido tocou algures, detrás do tabique, como se alguém o premesse com força, querendo estrangular. Após um ronco anormalmente longo, veio um retintim agudo e repugnante, de inesperada frequência, como se algo tivesse, de súbito, pulado para a frente. Deu duas horas. Eu acordei, embora não tivesse dormido, e, sim, ficado num leve torpor.

O quarto estreito, apertado e baixo, atravancado por um enorme guarda-roupa e atulhado de caixas de papelão, badulaques e trapos das mais diversas espécies, estava quase totalmente escuro. O toco de vela, que cintilava em cima da mesa, no fim do quarto, ia apagar-se, lançando, de vez em quando, faíscas. Dentro de alguns minutos, viria uma escuridão completa.

Levei pouco tempo para recuperar os sentidos; lembrei-me logo, sem esforços e num instante, de tudo aquilo que parecia espreitar-me, prestes a atacar outra vez. Mesmo entorpecido, sentia um ponto fixo, lá no fundo de minha memória, que não se esquecia, em volta do qual andavam, pesados, meus sonhos. E, coisa estranha: tudo o que se dera comigo naquele dia parecia-me agora, ao despertar, bem remoto, como se o tivesse vivenciado muitíssimo tempo atrás.

Minha mente estava assombrada. Tinha a impressão de que algo pairava em cima de mim, tocando-me, excitando, incomodando. O pesar e o fel ressurgiam e procuravam pela saída. De chofre, vi ao meu lado dois olhos abertos que me examinavam com curiosidade e obstinação. O olhar era frio, impassível e lúgubre, como que totalmente alienado; dava-me agonia.

Uma ideia soturna brotou no meu cérebro e perpassou todo o corpo com uma sensação ruim, semelhante àquela que surge ao entrar num subsolo úmido e mofado. Era anômalo esses dois olhos terem começado a examinar-me somente agora. Recordei-me também de não ter trocado, ao longo de duas horas, uma só palavra com essa criatura, nem mesmo achado que precisasse falar com ela; achei, inclusive, bom termos permanecido calados. E agora, veio-me, de repente, a nítida e absurda, horripilante feito uma aranha, ideia de libertinagem, a qual começa, bruta e descarada, sem um pingo de amor, lá onde o verdadeiro amor culmina. Por muito tempo, fitamo-nos assim, mas ela não abaixou os olhos na minha frente nem mudou de expressão, de modo que eu acabei, não se sabe por que, atemorizado.

— Qual é teu nome? — perguntei, ansioso por romper logo o silêncio.

— Lisa — respondeu ela quase cochichando, sem sombra de cordialidade, e desviou os olhos.

Calei-me.

— O tempo de hoje... neve... que horror! — disse para mim mesmo, pondo as mãos sob a nuca e olhando, com tédio, para o teto. Ela não reagia. Era asqueroso aquilo tudo.

— És daqui? — perguntei um minuto depois, quase irritado, virando um pouco a cabeça em sua direção.

— Não.

— De onde?

— De Riga[29] — disse ela a contragosto.

— Alemã?

— Russa.

— Faz tempo que estás aqui?

— Onde?

— Nesta casa.

— Duas semanas. — Suas frases ficavam mais e mais curtas. A velinha se apagara de todo; não conseguia mais enxergar o rosto dela.

— Tens pai e mãe?

— Sim... não... tenho.

— Onde estão?

— Lá... em Riga.

— Quem são?

— Ué...

— Como assim, ué? Quem são eles?

---

[29] Grande cidade no litoral do mar Báltico, atualmente capital da Letônia.

— Citadinos.
— Moraste com eles?
— Sim.
— Quantos anos tens?
— Vinte.
— Por que foi que os deixaste?
— Ué.

Isso significava: deixa-me em paz, dá nojo. Ficamos calados.

Sabe lá Deus por que eu não ia embora. Sentia cada vez mais asco e tédio. As imagens de todo o dia passado começaram por si sós, contra a minha vontade, a desfilar, em desordem, na minha memória. Lembrei repentinamente uma cena que tinha visto pela manhã, na rua, quando ia trotando, todo azafamado, à minha repartição.

— Hoje carregavam um caixão e quase o deixaram cair — disse, de supetão, em voz alta, sem a mínima intenção de travar conversa, quase sem querer.

— Um caixão?
— Sim, na Sennáia;[30] tiraram-no do subsolo.
— Do subsolo?
— Não foi do subsolo mesmo, mas do andar subterrâneo... sabes, lá embaixo... da casa de má fama... Havia tanta sujeira em volta... Casquinhas, lixo... mau cheiro... uma porcaria.

Nenhuma resposta.

— É ruim enterrar alguém hoje! — recomecei, apenas para não ficar em silêncio.

— Por que é ruim?
— Neve, lamaçal... (Dei um bocejo.)
— Tanto faz — disse ela, de súbito, após uma pausa.
— Não, é nojento... (Voltei a bocejar.) Os coveiros, na certa, xingavam, porque a neve os molhava. E havia água na cova, talvez.

— Por que havia água na cova? — perguntou ela com certa curiosidade, mas num tom ainda mais bruto e brusco que antes. Aventei uma espécie de provocação.

— É claro: água, lá no fundo, uns seis *verchoks*. Não dá para abrir uma só cova seca no Vólkovo.[31]

---

[30] Praça na parte histórica de São Petersburgo.
[31] Cemitério em São Petersburgo.

— Por quê?

— Como assim, por quê? É um lugar aquoso. Há pântanos aqui, por toda a parte. Colocam o defunto assim mesmo, na água. Eu mesmo vi... muitas vezes...

(Não vira aquilo nenhuma vez nem visitara jamais o Vólkovo; apenas ouvira falarem.)

— Será que não importa para ti, se morreres?

— Por que ia morrer? — replicou ela, como que se defendendo.

— Um dia vais morrer, e do mesmo jeito que aquela finada. Também era... uma moça... Morreu de tísica.

— Uma rapariga teria morrido no hospital... (Já sabe disso — pensei —, e disse "rapariga" em vez de "moça".)

— Estava devendo à patroa — ripostei, cada vez mais incitado pela discussão —, e trabalhava quase até o fim, se bem que estivesse com tísica. Os cocheiros falavam ali com os soldados, contavam isso. Talvez a conhecessem de longa data. Estavam rindo. Queriam ainda beber à memória dela, num botequim. (Menti bastante, nisso também.)

Silêncio, silêncio profundo. Ela sequer se movia.

— E seria melhor ter morrido no hospital?

— Não é a mesma coisa?... Mas por que é que eu ia morrer? — acrescentou ela com irritação.

— Se não agora, depois?

— Ah, isso depois...

— Não é assim, não! Agora estás nova, bonita, fresquinha, esse é seu valor. E, após um ano dessa vida, não serás mais a mesma, murcharás.

— Um ano?

— Em todo caso, seu valor diminuirá, daqui a um ano — continuava eu, maldoso. — Então vais passar desta casa para a outra, pior. Mais um ano, e passarás para a terceira casa, pior ainda, e chegarás assim, dentro de uns sete anos, àquele subsolo da Sennáia. Ainda bem, se for só isso. E se porventura pegares, além disso, uma doença, digamos, a fraqueza do peito... ou um resfriado grave, ou mais alguma coisa? Com essa vida, as doenças passam devagar. Se pegares uma, quem sabe, nunca te livrarás. E vais morrer.

— Então vou, sim — respondeu ela, já furiosa, e fez um movimento rápido.

— Mas eu tenho pena.

— Pena de quê?
— Da tua vida.
Silêncio.
— Tiveste um noivo, hein?
— Por que quer saber?
— Não te interrogo. Para mim, tanto faz. Por que te zangas? Decerto podes ter tido alguns dissabores. Que diferença faria, para mim? Só tenho pena.
— De quem?
— De ti.
— Não precisa... — disse ela, baixinho, e moveu-se de novo.
Fiquei logo zangado. Como? Estou tão meigo, e ela...
— O que tu pensas? Que estás num bom caminho, hein?
— Não penso nada.
— Isso aí! É mau que não penses. Acorda, enquanto tiveres tempo. Ainda tens tempo. Ainda estás nova, bonita; bem poderias amar, casar-te, viver feliz...
— Nem todas as casadas vivem felizes — retrucou ela como antes, bruta e rapidamente.
— Nem todas, é claro, mas a vida delas é bem melhor que a tua. Nem dá para comparar. Com amor, vive-se mesmo sem felicidade. A vida é boa, mesmo em apuros; seja qual for a vida, é bom viveres. E o que há por aqui, senão... o fedor? Fu!

Revirei-me com asco; meu raciocínio não era mais frio. Eu mesmo já começava a sentir o que estava dizendo, e isso me excitava. Queria relatar, ansioso, minhas ideiazinhas íntimas, aquelas que concebera no meu canto. De súbito, algo se acendeu dentro de mim, algum objetivo "transpareceu".

— Não me censures por estar aqui, não sou um exemplo para ti. Talvez eu seja pior ainda que tu. Aliás, entrei cá bêbado — apressei-me a inventar uma justificativa. — Além disso, o homem não é exemplo para a mulher. Nosso estado é diferente: ainda que fique sujo, emporcalhado, não sou escravo de ninguém — estive aqui, fui embora e não estou mais. Tirei a sujeira e estou novinho em folha. E tu, em primeiro lugar, és escrava. Sim, escrava! Estás entregando tudo, toda a tua liberdade. Depois quererás romper essas cadeias, mas não poderás: elas vão amarrar-te cada vez mais. Essa cadeia maldita é assim. Conheço-a. Não falo de outras coisas, que não vais entendê-las, talvez; diz-me apenas: estás devendo, por certo, à tua patroa? É isso aí! — acrescentei, se bem que ela não respondesse, mas só me escutasse com todo o seu âmago. — Ei-la, essa cadeia! Nunca vais escapar. A gente faz isso. A mesma coisa que vender a alma ao demônio... Ademais, eu... talvez esteja também infeliz — como tu sabes? — e de propósito venho sujar-me, de tanta tristeza. Há quem beba de triste, e eu estou cá, de triste. Diz-me o que isso tem de tão bom: nós, por exemplo... juntamo-nos agorinha... e não dissemos, nesse tempo todo, uma palavra sequer; só depois é que começaste a encarar-me, como uma selvagem, e eu a ti. Ama-se desse jeito? É dessa maneira que duas pessoas devem juntar-se? É um horror, não é mesmo?

— Sim! — disse ela brusca e rapidamente. Fiquei até mesmo atônito com a pressa de sua resposta. Será que a mesma ideia vagava na sua cabeça, quando ela me examinava? Será que ela também tinha algumas ideias?... "Isso é interessante, diabo, é próximo — refletia eu, quase esfregando as mãos de contente. — Não seria difícil dar conta de uma alma tão nova assim!..."

O que mais me animava era o jogo.

Ela virou a cabeça em minha direção e, parecia-me no escuro, apoiou-a na mão. Talvez me examinasse. Como eu lamentava não enxergar os seus olhos! Ouvia sua respiração profunda.

— Por que vieste aqui? — comecei, já com certo poder.

— Ué...

— Mas como se vivia bem lá, na casa paterna! Quente, ampla; teu ninho.

— E se não se vivia bem lá?

"Preciso acertar o tom — veio-me à cabeça. — Não se consegue muita coisa só com sentimentalidades."

Veio, de resto, e logo sumiu. Juro que ela me interessava para valer. Ainda por cima, eu mesmo estava, de certa forma, enternecido. E o engodo convive tão facilmente com o sentimento.

— Quem diria! — repliquei, apressado. — Tudo acontece. Eu cá estou convencido de que alguém te fez mal, e antes eles têm culpa contigo do que tu com eles. Não sei nada de tua história, contudo uma moça como tu não teria vindo aqui de bom grado...

— Que moça eu sou? — disse ela em voz baixíssima, porém eu ouvi.

"Estou bajulando, que diabo. É vil. Mas talvez seja bom..." Ela estava calada.

— Olha, Lisa, vou contar de mim mesmo. Se tivesse uma família, desde criança, eu não seria agora tal como sou. Penso nisso frequentemente. Por ruim que seja a família, são teu pai e tua mãe, não inimigos e nem pessoas estranhas. Mostrar-te-ão seu amor, pelo menos, uma vez por ano. Seja como for, tu sabes que estás em tua casa. Eu cá cresci sem família e foi por isso, na certa, que fiquei assim... insensível.

Esperei mais um pouco.

"Talvez não me entenda — pensava. — Seria ridículo, aliás, moralizá-la."

— Se fosse pai e tivesse uma filha, amá-la-ia, quem sabe, mais que os filhos homens, palavra de honra — abordei o assunto por outro lado, mudando de tom para distraí-la. Confesso que estava corando.

— Por quê? — perguntou ela.

Ah, então me escutava!

— Não sei, Lisa. Olha: eu conhecia um pai que era um homem severo e ríspido, mas perante a filha caía de joelhos, beijava as mãos e os pés dela, não conseguia tirar os olhos da filha — verdade! Ela dança num baile, e o pai fica, por cinco horas, plantado no mesmo lugar e olha, o tempo todo, para ela. Enlouqueceu por causa da filha, eu entendo isso. De noite, ela fica cansada e vai dormir, e ele acorda e vem beijar e benzê-la, adormecida. Usa um casaquinho sebento, está sovina para todo o mundo, mas para ela gasta o último dinheiro, faz presentes de luxo e alegra-se todo, se ela gostar de algum presente. O pai sempre ama as filhas mais que a mãe. Há moças que vivem tão bem em casa! E eu mesmo, parece, nem deixaria a minha filha casar-se.

— Como assim? — perguntou ela com um sorrisinho.

— Juro por Deus, sentiria ciúmes. Como é que ela vai beijar outro homem? Amar outro homem mais que o pai? Até imaginar isso é difícil. Decerto é tudo bobagem; decerto qualquer um acaba criando juízo. Mas eu, antes que ela se casasse, ia torturar-me com esses cuidados, rejeitaria todos os noivos. E deixaria, ainda assim, casar-se com quem ela mesma, por amor, escolhesse. É que aquele que a própria filha ama sempre é o pior de todos, aos olhos do pai. É isso mesmo. Muito mal acontece, por causa disso, em famílias.

— Os outros queriam vender a filha, em vez de deixá-la casar-se — disse ela inesperadamente.

Ah, então é isso!

— Tal coisa, Lisa, acontece naquelas famílias amaldiçoadas em que não há Deus nem amor — prossegui, veemente. — Onde não houver amor, não haverá juízo. Existem as famílias assim, é verdade, mas eu cá não falo delas. Parece que não conheceste o bem, lá em tua família, por isso falas dessa maneira. Estás, com certeza, infeliz. Hum... Isso mais acontece no meio dos pobres.

— E os senhores vivem melhor, hein? A gente honesta vive bem, apesar de pobre.

— Hum... sim. Pode ser. E outra coisa, Lisa: a gente só gosta de calcular suas desgraças, mas não a sua felicidade. E se calculasse devidamente, veria que tem proventos para tudo o que der e vier. Pois, se na família tudo correr bem, Deus te abençoará, para teres um bom marido que te ame, que cuide de ti e que nunca te deixe! Vive-se bem numa família dessas; às vezes, mesmo com alguns dissabores... E onde não há dissabores? Acaso te cases, saberás disso. Vejamos, sei lá, os primeiros tempos depois de casada com quem amares: quanta, mas quanta felicidade terás, vez por outra, a cada passo! Nesses primeiros tempos, até desavenças com o marido terminam bem. Há tais mulheres que, quanto mais amam, tanto mais brigam com seus maridos. Acredita, eu conhecia uma: "Digamos, amo-o demais e torturo-o por amor — que ele sinta!" Sabes que se pode atormentar uma pessoa por amor, de propósito? Quem mais faz isso, é a mulher. Ela pensa consigo mesma: "Depois vou amá-lo tanto e tanto carinho darei a ele que hoje não é pecado atenazá-lo um pouco." E todos os próximos se alegram de vê-los felizes, e vive-se bem: alegria e paz e honestidade... Há outras mulheres, ciumentas. Também conheci uma dessas: se o marido sair, ela não se segura e corre de noite, às escondidas, para ver se não está lá, naquela casa, e com aquela... Isso é mau. Ela mesma sabe que é mau, sente dores no coração, atormenta a si própria, mas ama, e tudo aquilo é por amor. E como é bom fazeres as pazes após uma briga, pedindo perdão ao marido ou perdoando-o a ele! E como os dois ficam bem, como ficam bem, de repente; parece que se encontraram de novo, que outra vez se casaram, que o amor começou novamente. E ninguém, ninguém mesmo deve saber o que acontece entre o marido e a mulher, caso eles se amem. Por mais que briguem entre si, nem a mãe devem chamar como árbitro e contar-lhe um sobre o outro. Eles mesmos são os seus árbitros. O amor é um mistério divino e tem de ser encoberto contra todos os olhos alheios, ocorra lá o que ocorrer. A vida se torna melhor com isso, mais santa. Respeitam-se mais, um ao outro, e muita coisa provém do respeito. E se houvesse amor, se por amor se casassem, então por que o amor passaria? Será que não se pode mantê-lo? Raras vezes é que não se pode. E sendo o marido um homem bondoso e honesto, então como o amor passará? A noite de núpcias, sim, passará, é verdade, mas chegará depois outro amor, e melhor ainda. As almas se unirão, todas as coisas serão em comum, não haverá mais segredos entre os cônjuges. E quando os filhos nascerem, então qualquer tempo, mesmo o mais árduo, parecerá feliz, contanto que se ame e tenha coragem. Então se trabalha com alegria e mesmo se priva, às vezes, de pão por causa dos filhos, mas isso com alegria também. É que eles te amarão por isso, mais tarde; granjeias, pois, para ti mesma. Os filhos crescem, e tu sentes que és o exemplo e o arrimo deles, que, se morreres, eles preservarão, para a vida toda, os teus sentimentos e pensamentos, tais como os receberem de ti, assumirão a tua imagem e semelhança. Esse é, pois, o teu grande dever. Como é que o pai e a mãe não ficariam mais próximos? Dizem por aí que é difícil ter filhos. Quem é que diz? É uma felicidade celestial! Gostas de bebezinhos, Lisa? Eu gosto demais. Sabes, um menininho assim, rosado, mamando no teu peito; mas que marido se zangará com sua mulher, vendo-a cuidar de seu filho? Um neném rosadinho, fofinho, repimpa-se de dengoso; as perninhas e os bracinhos gorduchos, as unhazinhas limpinhas, pequenas, mas tão pequenas que a gente fica rindo de ver; os olhinhos... como se ele já entendesse tudo. E quando mama, pega teu peito com sua mãozinha e brinca. Quando vier o pai, o neném solta o peito, dobra-se todo para trás, olha para o pai e ri, como se fosse Deus sabe o quê de engraçado, e volta a mamar. E, vez por outra, mordisca o peito da mãe, se os dentinhos já estiverem nascendo, e olha para ela assim, de soslaio: "Mordisquei, viste?" Não é nisso que reside toda a felicidade, em estarem os três — o marido, a mulher e o filho — juntos? Pode-se perdoar muita coisa por esses momentos. Não, Lisa, a gente tem que, antes de tudo, aprender a viver e só depois acusar os outros!

"Imagenzinhas, mais dessas imagenzinhas para ti! — pensei comigo mesmo, embora tivesse falado, juro por Deus, com emoção, e de repente fiquei vermelho. — E se agorinha ela der uma gargalhada, onde me meterei?" Essa ideia me deixou furioso. Pelo fim do discurso, ficara realmente excitado, e agora meu amor-próprio estava, de certo modo, sofrendo. O silêncio continuava. Até me apetecia empurrá-la.

— Mas o senhor... — de chofre começou ela e calou-se.

Logo entendi tudo: outra nota vibrava em sua voz; não era brusca, nem grosseira, nem rebelde como pouco tempo antes, mas muito macia e casta, tão casta que eu mesmo senti uma vergonha, uma espécie de culpa.

— O quê? — perguntei com meiga curiosidade.

— O senhor...

— O quê?

— O senhor fala... igualzinho a um livro — disse ela, e algo jocoso se ouviu novamente em sua voz.

Essa observação foi, para mim, como um beliscão. Não esperava por isso.

Não entendera que ela se mascarava, adrede, com essa jocosidade, que era tão só a última artimanha daquelas pessoas pudicas e castas, no fundo do coração, que não se rendem, por orgulho, até o último instante, quando alguém lhes invade, brutal e importunamente, a alma, e temem explicitar o seu sentimento para os outros. Já pela timidez, com a qual ela procedia, com várias tentativas, à sua galhofa que, afinal, ousou exprimir, eu devia ter adivinhado aquilo. Mas não adivinhei, e um sentimento maldoso apoderou-se de mim.

"Espera aí" — pensei eu.

VII

— Eh, chega, Lisa: que livro é esse, se mesmo olhar de fora me enoja. E não apenas de fora. É que tudo isso acaba de despertar em minha alma... Será, será que tu mesma não sentes nojo de estar aqui? Não, o hábito tem, pelo visto, muita força! Sabe lá o diabo o que o hábito pode fazer com a gente. Será que tu pensas, seriamente, que nunca envelhecerás, que sempre serás boazinha e que te manterão, por séculos, nesta casa? Não falo ainda em toda esta porcaria daqui... Eis, aliás, o que te digo sobre isso, sobre a tua vida de hoje. Por ora, és jovem, bonita, boazinha, tens alma, tens sentimento; e sabes que, quando eu acordei agorinha, senti logo asco de ter ficado aqui, contigo? Só os bêbados é que podem vir a esta casa. E se te encontrasse em outro lugar, se tu vivesses de modo que vive a gente boa, então não apenas iria atrás de ti, mas simplesmente ficaria apaixonado e alegrar-me-ia, quem sabe, com um olhar teu, tanto mais com a tua palavra; esperaria por ti ao portão da casa, ajoelhar-me-ia na tua frente, veria em ti minha noiva, teria aquilo tudo por honra. Nem me atreveria a pensar de ti algo que fosse impuro. E aqui eu bem sei que um gesto meu basta para que venhas comigo, queiras ou não; não me importo com tua vontade, mas tu obedeces à minha. O último dos braceiros não fica de todo escravizado e sabe que o contratam por algum tempo. E qual é o teu prazo? Pensa bem: o que é que entregas aqui, o que deixas escravizarem? A alma, tua alma que não te pertence, é que entregas com o teu corpo! Deixas qualquer beberrão desonrar teu amor! O amor... mas é tudo, é um diamante, é o tesouro da moça — amor! É que, para merecer esse amor, alguém estaria prestes a sacrificar sua alma, a morrer por ele. E quanto é que vale o teu amor hoje? Estás toda comprada, inteiramente, e para que alguém buscaria por teu amor, se já sem amor tudo é possível? Não há mágoa maior para uma moça, entendes? Ouvi falar que as deixam, bobas, ter amantes aqui. Mas isso é só brincadeira, é só para zombar de vocês, é só para enganá-las, e vocês acreditam. Será que ele te ama de verdade, aquele amante? Não acredito. Como ele te amará, sabendo que logo serás chamada por outro homem? Ele é cafajeste, depois disso! Tem, pelo menos, um pingo de respeito por ti? O que tens em comum com ele? Rir-se de ti e furtar o teu dinheiro, esse é todo o amor dele! Ainda bem, se não te bater. Sabe-se lá, talvez bata. Se tiveres um amante desses, pergunta se ele se casará contigo. Ele vai rir na tua cara, se não cuspir em ti ou dar uma sova, e o valor dele mesmo não passa, quiçá, de um tostão furado. E para que, pensas, sacrificaste a vida aqui? Para tomares café e comeres à farta? E por que é que te alimentam bem? Outra moça, honesta, sequer poderia engolir um pedaço desses, por saber para que a empanturram. Estás devendo e sempre estarás devendo, e até o final estarás devendo, até que a freguesia passe a desprezar-te. E isso não vai demorar, não contes com a juventude. Por aqui, essas coisas vão a todo o vapor. Botar-te-ão fora. E não apenas te botarão fora, mas antes começarão a atenazar-te, a repreender-te, a injuriar-te, como se não tivesses dado toda a saúde, como se não tivesses entregado, de graça, toda a juventude e toda a alma à tua patroa, e, sim, como se a tivesses roubado, arruinado, deixado em pelo. E não esperes pelo apoio: tuas amigas também te atacarão, para agradar à patroa, porque todas aqui são escravas, todas perderam, há tempos, piedade e compaixão. Todas se aviltaram, e não há xingamentos mais sujos, abjetos e ofensivos, nesta terra, do que os delas. Aqui deixarás tudo, sem nada em troca — saúde, juventude, beleza e esperança —, e aos vinte e dois anos parecerás ter trinta e cinco, e isso se não adoeceres, roga a Deus que te proteja contra a doença. Pensas, talvez, agora que não estás trabalhando, mas apenas te divertindo, não é? Porém, não há trabalho mais duro nem mais forçado, neste mundo, e nunca houve. Parece que mesmo o coração se desfaria todo em lágrimas. E não ousarás dizer uma só palavra, nem meia palavra, quando te enxotarem daqui; irás embora, como se estivesses culpada. Passarás para outro lugar, depois para o terceiro, depois para outro qualquer, e chegarás, afinal, à Sennáia. E naquela casa vão espancar-te: assim é a cordialidade de lá; o freguês nem sequer sabe afagar a moça sem antes batê-la. Não acreditas que seja tão nojento ali? Vai, um dia, e olha; talvez vejas isso com os próprios olhos. Vi uma daquelas mulheres lá, justo no Ano-Novo, perto da porta. As coleguinhas a enxotaram, trocistas, para que se esfriasse um pouco, por ter chorado demais, e fecharam a porta. Às nove horas da manhã, ela já estava toda embriagada, despenteada e seminua. Bateram-na muito. A cara empoada, mas os olhos com manchas pretas, o nariz e os dentes sangrando: um cocheiro é que acabava de dar um murro. Sentou-se ali, na escadinha de pedra; tinha nas mãos um peixe salgado; queixava-se, soluçando, de seu "distino" e martelava, com aquele peixe, os degraus da escada. Os cocheiros e soldados bêbados estavam lá, apinhados, e buliam com ela. Não acreditas que também ficarás desse jeito? Eu cá não queria acreditar, mas como tu sabes: pode ser que aquela mulher, a do peixe salgado, tenha vindo para cá de algum lugar, uns dez ou oito anos atrás, fresquinha que nem um querubim, inocente, limpinha, desconhecendo o mal, corando a cada palavra. Talvez fosse, na época, igual a ti, orgulhosa e melindrosa, diferente das outras; talvez se portasse como uma princesa e soubesse que toda uma felicidade esperava por quem a amasse e fosse por ela amado. Vês como acabou tudo? E se naquele mesmo instante em que ela golpeava, com aquele seu peixe, os degraus sujos, bêbada e desgrenhada, se naquele instante lhe vieram à mente todos os seus anos antigos, puros, vividos na casa paterna, quando ela ainda ia à escola e o filho dos vizinhos a espreitava pelo caminho, assegurando que a amaria a vida inteira, que sacrificaria seu destino por ela, e quando eles dois resolveram amar, um ao outro, para todo o sempre e casar-se, tão logo ficassem adultos? Não, Lisa, será uma felicidade, felicidade tua, se morreres de tísica algures, no canto de um subsolo, como aquela outra moça, e sem demora. Dizes, no hospital? Tudo bem, levar-te-ão para lá. E se a patroa ainda precisar de ti? A tísica é uma doença assim, não é qualquer febre. Até os últimos minutos, tens esperança e dizes que estás bem, consolas a ti mesma. E a patroa tira proveito disso. Não te preocupes, é assim mesmo: vendeste, digamos, a alma e deves, ainda por cima, dinheiro a ela; não ousarás, pois, dar um só pio. E quando estiveres para morrer, todos te largarão, todos te virarão as costas, porque não terão mais o que cobrar de ti. Ainda vão exprobrar-te por ocupares lugar à toa, por não morreres depressa. Sequer um copinho d'água te servirão sem injúrias: "Quando é que vais esticar as pernas, safada? Gemes, não deixas dormir, os fregueses reclamam." Isso é certo, eu mesmo ouvi, por acaso, essas palavras. Botar-te-ão, agonizante, no canto mais fedorento do subsolo — escuridão, umidade —, o que vais pensar, lá deitada, sozinha? Quando morreres, serão as pessoas estranhas que te arrumarão, às pressas, impacientes e rabugentas; ninguém te abençoará, ninguém suspirará por ti, tomara que não demores em libertá-las. Comprarão um caixão, levar-te-ão fora, como aquela coitada de hoje foi carregada, farão um velório no botequim. Há lama na cova, sujeira, neve molhada — que cerimônias contigo? "Vai descendo, Vaniukha! Eta que "distino", até agora foi de pernas pra cima, vadia! Encurta as cordas, moleque." — "Tá bem assim." — "Não tá, não. Olha como ficou deitada, de lado. Também era gente, não era? Pois bem, podes enterrar." Nem vão brigar, por tua causa, muito tempo. Cobrir-te-ão, apressados, com aquele barro molhado, azul, e irão à sua bodega... Eis o final de tua memória na terra: aos outros túmulos vêm os filhos, os pais, os maridos, e perto do teu — nem uma lágrima, nem um suspiro, nem uma homenagem. Ninguém, sim, ninguém, neste mundo todo, jamais virá visitar-te; teu nome se sumirá da face da terra, como se nunca tivesses vivido nem mesmo nascido! Lama e pântano; podes lá batucar de noite, quando os mortos se levantam, na tampa do teu caixão: "Deixa-me, gente boa, voltar a viver! Vivi sem ter visto a vida; minha vida virou um capacho, beberam-na toda num botequim da Sennáia. Deixa-me, gente boa, viver outra vez!..."

Falava com tanta ênfase que mesmo a minha garganta ia crispar-se, e... de repente parei, soergui-me de susto e comecei a escutar, inclinando a cabeça, medroso, de coração palpitante. Havia de que me espantar.

Fazia bastante tempo que presumia ter revirado toda a alma e partido o coração dela, e, quanto mais certeza tinha disso, tanto mais desejava alcançar, rapidamente e com toda a força possível, o meu objetivo. Fora o jogo, o jogo que me levara; de resto, não só o jogo...

Sabia que estava falando de modo difícil, artificial e mesmo livresco; resumindo, não conseguia falar de outra maneira, senão "igualzinho a um livro". Mas isso não me deixava embaraçado: estava sabendo ou pressentindo que ela me entenderia, e que o próprio modo livresco de falar poderia contribuir, mais ainda, para o meu sucesso. Porém agora, ao produzir o efeito, fiquei, de chofre, amedrontado. Nunca, jamais fora testemunha de tal desespero! Deitada de bruços, ela enfiou o rosto, bem fundo, no travesseiro que segurava com ambas as mãos. Seu peito parecia dilacerar-se. Todo o seu jovem corpo tremia, como que num ataque de convulsões. Compressos no peito, os soluços a abafavam, arrebentavam-na por dentro e, de repente, irrompiam em gritos e berros. Então ela se colava mais ainda no seu travesseiro: queria que ninguém nessa casa, nenhuma alma viva soubesse de seu tormento e choro. Ela mordia o travesseiro, mordeu-se o braço até sangrar (veria isso depois) e, gadanhando as suas tranças desfeitas, ficava imóvel num grande esforço, prendia a respiração e cerrava os dentes. Eu ia dizer-lhe alguma coisa, pedir que se acalmasse, mas acabei sentindo que não ousaria e, de improviso, tomado de calafrios, quase apavorado, fui arrumar-me, às pressas e de qualquer jeito, para ir embora. Estava tudo escuro; por mais que tentasse, não conseguia vestir-me logo. De supetão, encontrei, às apalpadelas, uma caixa de fósforos e um castiçal com uma vela inteira. Assim que a luz iluminou o quarto, Lisa se levantou bruscamente, sentou-se e, rosto contraído e sorriso amalucado, olhou para mim, quase inconsciente. Sentei-me ao lado dela e peguei-a nas mãos. Ela se recobrou e arroujou-se em minha direção, mas não ousou abraçar-me, abaixando, silenciosa, a cabeça na minha frente.

— Lisa, minha amiga, eu não queria... perdoa-me — comecei, mas os dedos dela me apertaram as mãos com tamanha força que eu adivinhei ter dito coisas erradas e calei-me.

— Eis o meu endereço, Lisa, vem visitar-me.
— Irei... — disse ela baixo, mas firme, ainda sem levantar a cabeça.
— E agora eu vou embora, adeus... Até a vista.

Levantei-me. Ela também se levantou e, de súbito, ficou toda vermelha, estremeceu, pegou um lenço, que estava em cima de uma cadeira, e cobriu com ele seus ombros até o queixo. Feito isso, tornou a sorrir de maneira algo enferma e encarou-me estranhamente, toda corada. Sentindo dor, apressava-me a sair, a desaparecer.

— Espere — disse-me ela, de repente, já na antessala, perto das portas; fez-me parar, puxando pelo capote, pôs a vela de lado e saiu correndo. Devia ter recordado alguma coisa ou queria mostrar-me algo. Saindo, estava corada; seus olhos brilhavam, nos lábios surgiu um sorriso. De que se tratava? Fiquei, sem querer, esperando; ela voltou um minuto depois, e seu olhar parecia pedir desculpas por alguma gafe. Não era mais o mesmo rosto, em geral; não era o mesmo olhar da noite anterior — sombrio, desconfiante e teimoso. Agora seu olhar era súplice, meigo e, ao mesmo tempo, confiante, carinhoso, tímido. Assim as crianças encaram a quem amam muito e a quem pedem alguma coisa. Os olhos dela eram castanhos claros, vivos e belos, capazes de expressar o amor e o ódio soturno.

Sem me explicar nada, como se eu fosse um ser supremo e devesse, portanto, saber tudo sem explicações, ela me estendeu um papelzinho. Todo o seu semblante exprimiu, nesse momento, um júbilo fulgurante, muito ingênuo, quase infantil. Abri o bilhete. Era a mensagem de um estudante de medicina ou alguém parecido, o qual dirigia a ela uma enfática, floreada, mas excepcionalmente respeitosa declaração de amor. Não me lembro hoje de suas expressões, mas lembro-me muito bem daquele sentimento sincero, impossível de forjar, que transparecia no seu estilo altissonante. No fim da leitura, senti o olhar dela fixo em mim — ardente, curioso e impaciente como o de uma criança. Lisa não despregava os olhos do meu rosto e esperava, ansiosa, pelo que ia dizer. Com umas palavras apenas, afobada, mas toda alegre e como que orgulhosa, ela me explicou que participava de um sarau dançante, numa casa de família, com "umas pessoas muito, muito boas, gente caseira, que ainda não sabem de nada, de nada mesmo", porque estava nessa vida recentemente e sem tanta vontade... porque ainda não decidira ficar e com certeza iria embora, tão logo pagasse sua dívida... "Pois esse estudante estava lá, dançou e falou com ela a noite toda, e acontece que a conhecia ainda em Riga, ainda menino, que eles brincavam juntos — há muito, muito tempo — e que ele conhece os pais dela, mas disso aí não sabe nadinha de nada e nem suspeita! E eis que no dia seguinte (três dias atrás) ele pediu à amiga, com que ela tinha ido àquele sarau, para entregar o bilhete... e... foi bem assim." Ao terminar o relato, ela abaixou seus olhos brilhantes com certa vergonha.

Ela guardava a carta daquele estudante como uma joia e, coitadinha, fora correndo buscar essa única joia sua, porque não queria deixar-me sair sem saber que alguém a amava honesta e sinceramente, que mesmo com ela alguém conversava com respeito. Decerto aquela carta era fadada a permanecer no cofrete dela, sem consequências. Não faz diferença, porém: estou certo de que, pela vida afora, ela iria guardá-la como uma joia, como seu orgulho e sua absolvição, e que, naquele exato momento, ela se lembrou dela e trouxe-a para mim com o fim de mostrar-me, ingênua, a causa de seu orgulho, para se reabilitar aos meus olhos, para eu também ver a carta, para eu também elogiar a moça. Não disse nada, apertei a mão dela e fui embora. Queria tanto sumir... Passei o caminho todo a pé, conquanto a neve molhada continuasse caindo em grandes flocos. Estava assombrado, exausto e abatido. Mas a verdade já despontava, por trás do assombro. Verdade abjeta!

VIII

Aliás, levei muito tempo para reconhecer aquela verdade.

Ao acordar de manhã, após umas horas de sono profundo, pesado que nem o chumbo, logo rememorei todo o dia passado e mesmo fiquei perplexo com minha sentimentalidade e todos esses "horrores e lamúrias de ontem", ao lado de Lisa. "Eis que me veio essa perturbação nervosa de mulherzinha, irra! — decidi eu. — Por que foi que empurrei o meu endereço a ela? E se vier mesmo? Que venha, de resto; não fará mal..." Mas, evidentemente, o principal e o mais importante negócio não consistia, por ora, naquilo. Precisava apressar-me para, custasse o que custasse, salvar a minha reputação aos olhos de Zverkov e de Símonov. Nisto é que consistia o principal negócio. Quanto a Lisa, cheguei até mesmo a esquecê-la nessa manhã, de tão atarefado.

Antes de tudo, cumpria-me devolver, imediatamente, o dinheiro que devia a Símonov. Resolvi lançar mão de um recurso arriscado, pedindo, sem mais nem menos, quinze rublos emprestados a Anton Antônovitch. Como que de propósito, ele estava, nessa manhã, excepcionalmente bem-humorado e atendeu ao meu primeiro pedido. Fiquei tão alegre com isso que, assinando o recibo com ares de um boêmio inveterado, comuniquei de passagem que "ontem fiz uma farra com meus companheiros no Hôtel de Paris; despedíamo-nos de um cara, até se pode dizer, de um amigo de infância, e sabe, ele é grande patusco, todo mimado (filho de boa família, bem entendido, fortuna considerável, carreira brilhante, arguto, simpático, anda com aquelas damas — o senhor entende); bebemos "meia dúzia" a mais, e..." Não aconteceu nada: tudo isso foi proferido com muita facilidade, desenvoltura e presunção.

Voltando para casa, de pronto escrevi a Símonov.

Até agora fico maravilhado de relembrar o franco, benévolo, próprio de um verdadeiro gentil-homem, estilo de minha carta. Com habilidade e nobreza, e — o essencial — sem nenhuma palavra supérflua, eu acusei a mim mesmo de tudo. Justificava-me, "se ainda me fosse permitido justificar-me", dizendo que, totalmente desabituado do vinho, ficara embriagado com a primeira taça tomada, supostamente, antes de os amigos terem chegado, quando esperava por eles no Hôtel de Paris, das cinco às seis horas. Pedia desculpas, principalmente, a Símonov, solicitando que transmitisse minhas explicações a todos os outros, em especial a Zverkov, que ("lembro como que em sonho") teria ofendido. Acrescentava que iria visitá-los a todos em pessoa, mas estava com dor de cabeça e, mais que isso, cheio de vergonha. Fiquei, sobretudo, contente com "certa leveza" e quase incúria (de resto, plenamente decente) que tinham surgido, de chofre, no meu estilo e, mais do que todas as razões possíveis, logo lhes dariam a entender que eu considerava "toda essa torpeza de ontem" assaz indiferente: não estou — de jeito nenhum, de maneira alguma — aniquilado, como os senhores devem pensar, mas, pelo contrário, percebo o acontecido como o perceberia um gentil-homem que trata a si próprio com tranquilo respeito. Digamos, o que se deu não me rebaixa.

— Há nisso jocosidade de um marquês, hein? — admirava-me, relendo o bilhete. — E tudo porque sou um homem desenvolvido e culto! Os outros não saberiam, no meu lugar, como sair de apuros, e eu escapei ileso e vou fazer farras de novo, e tudo isso por ser "um homem culto e desenvolvido de nossa época". Ademais, toda a história de ontem deve ter ocorrido, realmente, por causa da bebida. Hum... não foi, não; não foi mesmo por causa da bebida. Não tomei nem um gole de aguardente, das cinco às seis horas, quando esperava por eles. Menti para Símonov, menti vergonhosamente, mas agora não sinto vergonha...

Aliás, não me importava com isso! O importante era ter escapado.

Coloquei no envelope seis rublos, lacrei-o e convenci Apollon de levá-lo à casa de Símonov. Ciente de que havia dinheiro dentro, Apollon se fez mais respeitoso e consentiu em ir lá. De tardezinha, saí para dar uma volta. Sentia tonturas e dor de cabeça, desde o dia anterior, e à medida que avançava a noite e o crepúsculo se tornava mais denso, as minhas impressões mudavam e vinham cada vez menos nítidas, bem como os meus pensamentos. Algo não se rendia dentro de mim, no fundo de meu coração e da consciência, não se desvanecia e abrasava-me de tristeza. Andava, sobretudo, pelas ruas mais agitadas, industriais, como a Mechtchânskaia e a Sadóvaia,[32] e ao redor do Jardim de Yussúpov. Desde sempre, gostava especialmente de vaguear por aquelas ruas ao lusco-fusco, quando ali aumentava a multidão de passantes, de operários e artesãos que levavam para casa seus ganhos diários e cujos rostos expressavam uma preocupação à beira da cólera. Gostava exatamente daquela mesquinha azáfama, da insolência prosaica da multidão. Dessa vez, entretanto, o rebuliço das ruas me deixava bem irritado. Não conseguia, de modo algum, dominar a mim mesmo, achar os motivos. Algo fervia, fervia sem trégua, em minha alma, causava-me dor e não queria quietar-se. Todo angustiado, voltei para casa. Parecia que um delito me pesava na alma.

Atormentava-me, sem parar, a ideia de que Lisa estava por vir. Era estranho que a lembrança dela me torturasse em especial, separada, de certa maneira, de todas aquelas lembranças do dia passado. Ao chegar da noite, tinha-me já acalmado e esquecido completamente de todo o resto; continuava, outrossim, bem satisfeito com a minha carta para Símonov. Nisso a satisfação acabava, como se Lisa fosse meu único tormento. "E se ela vier? — pensava o tempo todo. — Fazer o quê: tudo bem, que venha. Hum. Ela verá, por exemplo, a minha morada; só isso

---

[32] Topônimos de São Petersburgo.

já é ruim. Ontem lhe parecia um... herói... e agora, hum! Aliás, é ruim este meu desmazelo. Quanta pobreza neste apartamento! E atrevi-me ontem a ir almoçar com as roupas assim. E meu sofá coberto de oleado com essa bucha de fora! E meu roupão que não tampa nada! Mas que farrapos... Ela verá tudo isso; verá também Apollon. Esse animal a ofenderá, com certeza. Bulirá com ela para me afrontar a mim. E eu me assustarei, como de praxe; começarei, bem entendido, a trotear na frente dela, cobrindo-me com as abas deste roupão, começarei a sorrir, a mentir. Oh, que nojo! E o maior dos nojos não é esse! Há nisso algo mais importante, algo mais asqueroso e vil, sim, vil mesmo! E de novo, de novo botar essa máscara desonesta e mentirosa!..."

Chegando a esse pensamento, fiquei vermelho de raiva:

"Por que desonesta? Como assim, desonesta? Ontem falava sinceramente. Lembro que havia um verdadeiro sentimento, cá dentro. O que buscava, era insuflar a ela uns sentimentos nobres... Se ela ficou chorando, foi bom; isso produzirá bons efeitos..."

Ainda assim, não conseguia, de modo algum, acalmar-me.

Durante a noite toda, quando já tinha voltado para casa, já depois das nove horas, quando Lisa, segundo os meus cálculos, não poderia vir de maneira alguma, eu não parava de pensar nela e, o essencial, lembrava-a, constantemente, na mesma posição. Um dos momentos de todo o dia anterior é que me surgia com uma clareza particular, o momento em que acendera o fósforo para iluminar o quarto e vira seu rosto pálido e contraído, com aquele olhar de mártir. E que sorriso lastimável, falso e entortado era o dela naquele momento! Então não sabia ainda que, mesmo quinze anos depois, continuaria a imaginar Lisa exatamente com o mesmo sorriso lastimável, torto e inútil que ela tinha naquele momento.

No dia seguinte, estava prestes, de novo, a considerar tudo isso bobagem ou excessiva nervosidade — em suma, um exagero. Desde sempre, compreendia esse meu lado fraco e, vez por outra, sentia muito medo dele. "Estou, não obstante, exagerando, esta é minha fraqueza" — repetia, toda hora, para mim mesmo. De resto, mas "de resto, ainda assim, Lisa virá" — com esse refrão terminavam todos os meus raciocínios de então. Andava tão preocupado que, por vezes, ficava enfurecido. "Virá, com certeza virá! — exclamava, percorrendo o meu quarto. — Se não vier hoje, virá amanhã, vai achar o endereço! Assim é o maldito romantismo de todos aqueles corações puros! Ó, asco; ó, besteirada; ó, estreiteza daquelas "imundas almas sentimentais"! Como não entender, mas como é que se pode não entender?..." Nisso ficava parado e até mesmo todo confuso.

"E quão poucas, poucas — pensava eu, de relance —, foram aquelas palavras, quão ínfimo foi o idílio (ainda por cima, falso, livresco, forjado) de que precisei para alterar, num instante, uma alma humana de minha maneira. Eis o que é a virgindade! Eis o que é o vigor do solo!"

Às vezes, vinha-me a ideia de ir procurá-la pessoalmente, "contar-lhe tudo" e convencê-la de não vir a minha casa. Mas aí, nesse pensamento, sentia-me dominado por tanta fúria que estava pronto a esmagar a "maldita" Lisa, que iria ofendê-la, se ela aparecesse, de supetão, ao meu lado, e expulsá-la com uma cuspida ou uma pancada!

Passaram-se, no entanto, um dia e outro dia e o terceiro; ela não vinha, e eu comecei a quietar-me. Ficava notadamente esperto e inspirado depois das nove horas; às vezes, até desandava a sonhar, e com muita doçura: "Eu, por exemplo, acabo salvando Lisa, pois ela vem a minha casa e nós conversamos... Ela aprende comigo e desenvolve-se. Eu percebo, enfim, que ela me ama, apaixonadamente. Faço de conta que não entendo (não sei, aliás, para que me finjo, talvez para tornar a história mais bonita). Afinal, ela se joga, toda aflita e bela, aos meus pés e diz-me, tremendo e soluçando, que sou o seu salvador e que ela me ama mais do que tudo neste mundo. Fico pasmado, porém... "Lisa — digo então —, será que tu pensas que eu não tenha percebido o teu amor? Vi tudo, adivinhei, mas não ousava abusar, por minha parte, do teu coração, porque tu estavas sob a minha influência, e eu temia que te forçasses, por gratidão, a compartilhar o meu amor, que te impusesses, adrede e à força, o sentimento que talvez não existisse; não queria isso, porque é... despótico... É indelicado (numa palavra, chegava a perder-me numa fineza europeia, inexprimivelmente nobre e peculiar de George Sand...").[33] Mas agora, agora és minha, és minha criatura, és pura e linda, és minha bela esposa. "Pois vem cuidar de minha casa, mulher impávida e liberta!" Depois nós vivemos juntos, vamos ao estrangeiro, etc., etc." Numa palavra, acabava por sentir asco e mostrar a mim mesmo a língua.

---

[33] Nome literário de Aurore Dupin (1804-1876), célebre escritora e feminista francesa.

"Sequer a deixarão sair, a "safada"! — pensava eu. — Parece que não as deixam passar muito, ainda mais de noite (tinha a impressão de que ela viria, sem falta, de noite, às sete horas em ponto). Aliás, ela disse que não estava de todo escravizada por lá, que tinha condições especiais... então, hum! Virá, que o diabo a carregue, virá com certeza!"

Ainda bem que Apollon me distraía, nesse meio tempo, com suas afoitezas. Privava-me da última paciência! Era a minha praga, o flagelo mandado pela providência divina. Altercávamo-nos incessantemente, por vários anos seguidos, e eu tinha ódio por ele. Meu Deus, como o odiava! Parece que nunca, em toda a vida, odiara a ninguém mais do que a ele, sobretudo em certos momentos. Era um homem idoso e assoberbado, que costurava um pouco. Contudo me desprezava, não se sabe por que razão e mesmo além das medidas, olhando para mim com uma arrogância insuportável. De resto, olhava com arrogância para todo o mundo. Bastava ver seus cabelos esbranquiçados e bem alisados, o topete que ele armava na testa e ungia com óleo vegetal, sua boca sempre altiva e semelhante à letra "u", para reconhecer um ente que jamais duvidava de si mesmo. Era pedante no mais alto grau e o maior de todos os pedantes que eu encontrara na terra, provido, ainda por cima, de um amor-próprio que conviria tão só a Alexandre da Macedônia.[34] Estava enamorado de cada botão seu e de cada unha sua — exatamente enamorado, a julgar pela cara dele! Tratava-me com pleno despotismo, falava comigo extremamente pouco e, quando porventura me encarava, lançava aqueles olhares firmes, cheios de majestosa presunção e constantemente jocosos que me levavam, às vezes, ao frenesi. Cumpria sua função com ares de quem me prestasse o maior obséquio. De resto, não fazia quase nada por mim e mesmo não se achava obrigado a fazer algo. Não havia dúvidas de que ele me considerava o último de todos os bobos do mundo e, "se me mantinha consigo", era apenas porque podia ganhar, todo mês, seu salário. Dignava-se a "não fazer nada" em minha casa por sete rublos mensais. Muitos pecados meus serão perdoados graças a Apollon. De vez em quando, sentia tamanho ódio por ele que só seu andar me levava praticamente às convulsões. Porém, o mais asqueroso era o seu ceceio. Apollon tinha a língua um pouco

---

[34] Alexandre, o Grande (356-323 a.C): rei da Macedônia, um dos maiores estadistas e chefes militares de todos os tempos.

mais comprida do que o necessário ou algo assim, portanto não cessava de cecear nem de ciciar e, parecia-me, estava todo orgulhoso com isso, imaginando que tal modo de falar lhe desse muitíssima dignidade. Ele falava baixo e comedido, pondo as mãos atrás e olhando para o chão. Sobretudo me enraivecia, quando começava, por vezes, a ler o Livro dos Salmos no seu quartinho. Muitas batalhas eu aturei por causa daquela leitura. Mas ele gostava demais de ler à noite, com uma voz baixa e regular, como se estivesse cantando num velório. É interessante que terminou assim mesmo: contratam-no hoje para ler o Livro dos Salmos pelos velórios e, além disso, para exterminar os ratos e confeccionar a graxa. Àquela altura, porém, eu não conseguia expulsá-lo, como se ele fizesse, quimicamente, parte da minha existência. Ademais, o próprio criado não consentiria, sob pretexto algum, em deixar-me. Eu não poderia morar numa *chambre garnie*.[35] O apartamento que ocupava era minha mansão, minha casca, era um estojo em que me escondia de toda a humanidade, e Apollon, sabe lá o diabo por que, parecia-me parte integrante daquele apartamento, de modo que, ao longo de sete anos, não conseguiria livrar-me dele.

Por exemplo, seria impossível atrasar seu salário, nem por dois ou três dias. Ele aprontaria tamanha ladainha que eu não ia saber aonde fugir. Mas naqueles dias eu tinha tanta raiva de todos que decidi, sabe-se lá por que motivo e com que intuito, castigar Apollon e pagar seu salário com duas semanas de atraso. Havia bastante tempo, uns dois anos, dispunha-me a fazê-lo, com o único fim de provar que não lhe cabia tratar-me com essa altivez toda, e que, se eu quisesse, poderia deixar, a qualquer momento, de pagar seu salário. Resolvi que não falaria com ele acerca disso e permaneceria, de propósito, calado, para vencer seu orgulho, fazendo com que ele mesmo fosse o primeiro a falar sobre o salário. Então tiraria da minha gaveta aqueles sete rublos, mostrar-lhe-ia que os tinha especialmente guardado e, desse jeito, daria a entender que "não quero, não quero, simplesmente não quero pagar seu salário; não quero porque assim quero, porque é o meu direito senhoril, porque ele me desrespeita, porque ele é bruto, mas, se me pedir respeitosamente, eu talvez me abrande e pague; se não, terá de esperar mais duas semanas e três semanas, e um mês inteiro..."

---

[35] Quarto mobiliado (em francês) numa casa de pensão.

Por mais zangado que eu estivesse, venceu, todavia, ele. Não aguentei nem uns quatro dias. Ele fez o que sempre fazia em semelhantes casos, pois semelhantes casos já tinham acontecido, tentando eu combatê-lo e, note-se, conhecendo aquilo tudo, ou seja, a execrável tática dele, de antemão e de cor, a saber: começou a cravar em mim um olhar de extrema severidade e examinar-me vários minutos a fio, sobretudo quando eu regressava a casa ou ia embora. Se, por exemplo, eu suportava esse olhar e fingia despercebê-lo, ele procedia, sem dizer uma só palavra, às torturas posteriores. Entrava, de supetão e sem causa aparente, no meu quarto, quando eu estava andando ou lendo, ficava perto da porta, punha uma mão atrás, taciturno e elegante, afastava uma perna e fixava em mim seu olhar, dessa vez nem tanto severo, e, sim, desdenhoso. Se de repente lhe perguntava o que queria, não dava nenhuma resposta, continuando a examinar-me, cara a cara, por mais alguns segundos, depois cerrava, de modo peculiar, os lábios, virava-me devagar as costas e lentamente, com ares significantes, ia para o seu quarto. Ao cabo de duas horas, aparecia de novo e ficava, outra vez, na minha frente. Havia momentos em que, tomado de fúria, já não perguntava o que ele queria, mas levantava, de forma brusca e imperiosa, a cabeça e começava, por minha vez, a encará-lo. Fitávamo-nos assim por uns dois minutos; finalmente ele se virava, lento e imponente, e saía para reaparecer duas horas depois.

Caso continuasse rebelde, apesar de todos os argumentos bem persuasivos dele, Apollon se punha a suspirar, de olhos fixos em mim, a suspirar longa e profundamente, como se cada um desses suspiros medisse toda a envergadura de meu declínio moral, e terminava, bem entendido, por derrotar-me completamente. Eu ficava colérico e gritava, contudo me via forçado a cumprir aquilo de que se tratava.

Dessa vez, no entanto, tão logo começaram as ordinárias manobras do "olhar severo", perdi toda a minha compostura e ataquei-o, enfurecido. Estava por demais irritado, mesmo sem ele.

— Para aí! — gritei-lhe, frenético, quando o criado me virava, lento e taciturno, as costas, com uma das mãos atrás, para retornar ao seu quarto. — Para! Volta aqui, digo-te, volta! — Meu brado devia ter sido tão anormal que ele se virou para mim e começou a examinar-me até com certa admiração. De resto, permanecia calado, e isso me encolerizava. — Como tu te atreves a entrar, sem pedir licença, e a olhar-me dessa maneira? Responde!

Mas, ao fitar-me, tranquilamente, meio minuto, ele me virou, outra vez, as costas.

— Para! — berrei, aproximando-me, a correr, dele. — Fica parado! Bem. Agora responde: entraste para olhar o quê?

— Se o senhor tiver agorinha alguma ordem, o meu negócio é cumprir — respondeu ele, após uma pausa, ciciando com sua voz baixa e comedida, erguendo as sobrancelhas e inclinando, fleumático, a cabeça de um lado para o outro — e tudo isso com uma tranquilidade aterradora.

— Não é sobre isso, algoz, não é sobre isso que te pergunto! — gritei, tremendo de raiva. — Eu mesmo te digo, algoz, eu te digo por que vens aqui: estás vendo que não te pago o salário, não queres, de tão orgulhoso, pedir-me com humildade e, por isso, vens com esses teus olhares estúpidos para me castigar, torturar, e nem sus-s-s-peitas, algoz, como isso é tolo, tolo, tolo, tolo, tolo!

Silencioso, ele recomeçou a virar-se, mas eu agarrei-o.

— Escuta! — gritava-lhe. — Eis o dinheiro, vês? Ei-lo (tirei o dinheiro da gaveta), todos os sete rublos, mas tu não os receberás, não os r-r-receberás até que venhas, respeitoso e de cabeça baixa, pedir-me desculpas! Ouviste?

— Não é possível! — retrucou ele com uma arrogância anormal.

— Será possível, sim! — gritava eu. — Dou-te minha palavra, será possível!

— Não tenho por que lhe pedir desculpas — prosseguiu ele, como se não reparasse em meus gritos —, e, já que o senhor me chamou de "algoz", sempre poderei reclamar da ofensa na delegacia de nossa quadra.

— Vai! Reclama! — soltei um berro. — Vai agora, neste minuto, neste segundo! E, ainda assim, és algoz, algoz, algoz! — Entretanto, ele apenas olhou para mim, em seguida, virou-se e, sem escutar meus apelos, foi ao seu quarto, devagarinho e sem olhar para trás.

"Se não fosse por Lisa, não haveria nada disso!" — deliberei comigo mesmo. Fiquei, um minuto, parado, depois tomei um ar solene e soberbo, embora meu coração batesse lenta e fortemente, e fui procurá-lo detrás do tabique.

— Apollon! — disse em voz baixa e pausada, mas ofegante. — Vai, agora mesmo e sem demorar um minuto, chamar o delegado de nossa quadra.

Ele já se sentara à sua mesa, pusera os óculos e pegara alguma coisa para costurar. Ouvindo a minha ordem, deu, de repente, uma risadinha.

— Agora, vai logo! Vai, se não, tu nem imaginas o que acontecerá!

— Decerto o senhor perdeu o juízo — notou ele, sem mesmo levantar a cabeça, ciciando bem devagar e pondo o fio na sua agulha. — Onde se viu uma coisa dessas, a gente denunciar a si mesmo para a polícia? E quanto ao medo, debalde é que o senhor força tanto a sua garganta, pois não acontecerá nada.

— Vai! — guinchava eu, pegando-o no ombro. Sentia que logo ia batê-lo.

E não ouvi, nesse instante, a porta da antessala se abrir, silenciosa e lentamente, e uma pessoa entrar e ficar parada, mirando-nos com perplexidade. Olhei para ela e, morrendo de vergonha, corri para o meu quarto. Ali, agarrando-me, com ambas as mãos, pelos cabelos, encostei a cabeça na parede e fiquei imóvel nessa posição.

Passados uns dois minutos, ouviram-se os vagarosos passos de Apollon.

— Há uma moça perguntando pelo senhor — disse ele, examinando-me com uma severidade especial, depois se afastou e deixou entrar Lisa. Não queria retirar-se e fitava-nos escarninho.

— Vai embora, vai! — mandei eu, atarantado. Nesse momento, meu relógio fez um esforço, soltou um chiado e deu sete horas.

IX

Pois vem cuidar de minha casa,
Mulher impávida e liberta!
Da mesma poesia

Estava na frente dela — abatido, envergonhado, torpemente confuso — e, parece, sorria, tentando, de todas as forças, cobrir-me com as abas do meu peludinho roupão forrado de algodão, do mesmíssimo jeito que tinha imaginado, há pouco, no meu desânimo. Passados mais dois minutos, Apollon foi embora, mas não me senti aliviado com isso. O pior é que ela também ficou, de improviso, confusa, e mais do que eu esperava. De ter olhado para mim, é claro.

— Senta-te — disse eu. Maquinalmente, pus uma cadeira para ela, junto da mesa, e sentei-me no meu sofá. Obediente, Lisa se sentou logo, fitando-me com toda a atenção e, evidentemente, esperando por algo de minha parte. A ingenuidade dessa sua espera deixou-me furioso, mas eu me contive.

Seria melhor tentarmos não reparar em nada, como se tudo fosse bem ordinário, mas ela... Então senti vagamente que ela me pagaria caro por tudo isso.

— Flagraste-me numa situação estranha, Lisa — comecei a falar, tartamelo e já ciente de que não precisava ter começado nesse estilo.

— Não, não, não penses nada! — exclamei, vendo-a, de repente, corar. — Não tenho vergonha de minha pobreza... Pelo contrário, estou orgulhoso com ela. Sou pobre, mas nobre... É possível ser pobre e nobre — murmurava. — Aliás... queres chá?

— Não... — ia responder ela.

— Espera!

Levantei-me, num pulo, e fui correndo ao quarto de Apollon. Cumpria-me sumir em algum lugar.

— Apollon — cochichei, com uma velocidade febril, jogando na sua frente os sete rublos que tinham permanecido, nesse ínterim, no meu punho —, eis aqui teu salário. Estás vendo, eu te pago; mas, em compensação, tu deves salvar-me. Vai à taberna e traz, imediatamente, chá e dez torradinhas. Se não quiseres ir lá, tornarás infeliz um homem! Não sabes que mulher é essa... Ela é tudo! Talvez estejas pensando alguma coisa... Mas tu não sabes que mulher é essa!...

Primeiro Apollon, que já retomara sua costura e pusera de novo os óculos, olhou de soslaio para o dinheiro, calado e sem largar a agulha; depois, sem me dar nenhuma atenção nem responder nada, continuou a mexer com o fio que punha nela. Fiquei esperando, uns três minutos, plantado diante dele, de braços cruzados à la Napoléon. Minhas têmporas estavam molhadas de suor; eu mesmo estava pálido e sentia isso. Mas, graças a Deus, ele teria sentido pena, ao olhar para mim. Terminando de pôr o fio na agulha, Apollon se levantou devagar, afastou devagar a cadeira, tirou devagar seus óculos, contou devagar o dinheiro e, perguntando-me, finalmente, por cima do ombro, se devia comprar a porção inteira, saiu devagar do quarto. Indo rever Lisa, tive, de passagem, uma ideia: e se fugir assim mesmo, quer dizer, de roupão, não importa aonde, e aconteça o que acontecer?

Voltei a sentar-me. Lisa olhava para mim com inquietação. Passamos alguns minutos em silêncio.

— Eu vou matá-lo! — gritei, repentinamente, dando um soco na mesa, de modo que a tinta jorrou do tinteiro.

— Ah, o que tem? — exclamou ela, estremecendo.

— Eu vou matá-lo, matar! — guinchava eu, batendo, num frenesi absoluto, na mesa e tendo, ao mesmo tempo, a compreensão absoluta de toda a estupidez desse frenesi. — Tu não sabes, Lisa, o que é, para mim, esse algoz. Ele é meu algoz... Ele foi buscar as torradas, ele...

De súbito, desandei a chorar. Era um faniquito. Como estava envergonhado, no meio desses soluços, mas já não podia contê-los. Lisa ficou assustada.

— O que tem? O que é que o senhor tem? — exclamava ela, azafamada perto de mim.

— Água, traz-me água, é lá! — balbuciava eu, com uma voz fraca, entendendo, aliás, que bem poderia dispensar a água e deixar de balbuciar com essa voz. Contudo me fingia, como se diz, para preservar as conveniências, embora a crise fosse real.

Ela me trouxe água, fitando-me desconcertada. Nesse momento Apollon serviu chá. De chofre, tive a impressão de que esse reles e prosaico chá fosse horrivelmente indecente e mísero depois de tudo o que ocorrera, e fiquei vermelho. Lisa mirava Apollon com certo temor. Ele saiu, sem olhar para nós.

— Lisa, tu me desprezas? — perguntei eu, de olhos cravados nela, tremendo de impaciência para saber o que estava pensando.

Confusa, ela não soube responder nada.

— Toma chá! — disse com raiva. Estava zangado comigo mesmo, mas quem iria apanhar, era, bem entendido, Lisa. Uma medonha fúria contra ela surgiu, de repente, no meu coração; parecia-me que estava prestes a trucidá-la. Para me vingar dela, jurei a mim mesmo que não lhe diria, dali em diante, uma só palavra. "Tudo é por sua causa" — pensava.

Nosso silêncio durava uns cinco minutos. O chá estava na mesa, sequer tocáramos nele. Eu não começava a tomá-lo de propósito, para que ela se afligisse ainda mais, e ela não começava de embaraçada. Diversas vezes, olhou para mim com uma triste incompreensão. Eu estava calado, por teimosia. O maior mártir era, sem dúvida, eu mesmo, já que entendia perfeitamente toda a vileza abominável de minha maldosa estupidez e, ao mesmo tempo, não conseguia controlar-me.

— Eu quero... sair de lá... para sempre — começou ela, a fim de romper, de algum modo, o silêncio, mas era exatamente nisso que não precisava, coitada, falar nesse momento, por si só estúpido, e com uma pessoa estúpida, como eu, por si só. Até o meu coração doeu, apiedado de seu desajeito e sua franqueza inútil. Mas algo abjeto reprimiu logo toda a piedade minha, instigando-me, inclusive, ainda mais: que o mundo inteiro pereça! Passaram-se mais cinco minutos.

— Será que o incomodei? — disse ela com timidez, em voz muito baixa, e foi levantar-se.

Eu comecei a tremer de fúria, tão logo vi esse primeiro clarão da dignidade ofendida, e explodi:

— Por que é que vieste a minha casa, diz-me por gentileza! — fui falando, arfante e mesmo esquecido da ordem lógica de minhas palavras. Queria extravasar tudo de vez, numa rajada; sequer me importava por onde começar.

— Por que tu vieste? Responde! Responde! — gritava eu, quase ensandecido. — Eu te digo, querida, por que tu vieste. Vieste porque te dizia, daquela feita, palavrinhas melosas. Amoleceste, pois, e quiseste mais "palavrinhas melosas". Mas fica sabendo que eu apenas me ria de ti, então. E continuo rindo. Por que é que tremes? Sim, rindo! Os tipos que vieram, naquele dia, antes de mim, eles me ofenderam, então, no almoço. Eu vim àquela casa para espancar um deles, o oficial, mas não consegui, não os peguei lá. Precisava, pois, descarregar a mágoa sobre alguém, tomar a desforra, e tu vieste bem a calhar. Foi sobre ti que descarreguei minha raiva e foi de ti que zombei. Tinham-me humilhado, e eu também queria humilhar; fizeram de mim um capacho, e eu queria mostrar o poder... Foi aquilo ali, e tu pensaste que tivesse vindo, especialmente, para te salvar, hein? Pensaste assim, diz? Pensaste assim?

Sabia que ela talvez se atrapalhasse e não entendesse os pormenores; entretanto, sabia também que entenderia otimamente a essência. Foi isso que ocorreu. Pálida feito um lenço, Lisa queria dizer alguma coisa, seus lábios se contorceram dolorosamente; depois, como se uma machadada a tivesse derrubado, ela caiu na cadeira. E ficou, durante todo o tempo em que me ouvia, de boca aberta e olhos arregalados, tremendo de pavor. O cinismo, o cinismo de minhas palavras tinha-a esmagado...

— Salvar! — continuava eu, levantando-me, num salto, da cadeira e percorrendo o meu quarto na frente dela. — Salvar de quê? Talvez eu seja pior que tu. Por que não me jogaste, então, na cara, quando te lia sermões: "E tu mesmo, por que cá vieste? Para moralizar a gente?" Eu precisava, então, de poder, de poder e de jogo; queria fazer-te chorar, humilhar-te, queria deixar-te histérica — eis de que precisava naquele dia! Eu mesmo não aguentei, porque sou um canalha, fiquei assustado e, sabe lá o diabo para que, dei-te, palerma, o meu endereço. E depois disso, antes ainda de voltar para casa, já te xingava de todos os nomes por aquele endereço. Já te odiava, por te ter enganado então, porque só sei brincar com as palavras e sonhar, cá na cabeça. E sabes o que eu quero, na verdade? Que vocês todos se danem, isso aí! Preciso de sossego. Venderia agorinha o mundo inteiro por um copeque, para que não me incomodassem mais. O mundo se dana ou eu não bebo este meu chá, hein? Prefiro que o mundo se dane, contanto que eu sempre beba meu chá. Sabias disso ou não? Pois eu cá sei que sou cafajeste, vilão, egoísta e valdevinos. Tremia, nesses três dias, de medo que tu viesses. Mas sabes por que sobretudo me preocupava, nesses dias todos? Porque me tinhas tomado, então, por um herói daqueles, e de repente me verias miserável, repugnante, com este meu roupão roto. Acabei de dizer-te que não tinha vergonha de minha pobreza; pois fica sabendo que tenho, tenho a maior vergonha, tenho o maior medo dela; teria menos medo, se roubasse, porque sou vaidoso demais, como se me tivessem esfolado e o próprio ar me causasse dores. Será que nem mesmo agora adivinhas que nunca te perdoarei ter-me flagrado com este roupão, quando eu atacava Apollon, feito um cãozinho brabo? Teu salvador, teu antigo herói ataca, que nem um cachorrinho tinhoso, o seu lacaio, e este se ri dele! E essas lágrimas, que não pude conter na tua frente, como uma mulherzinha sentida, nunca as perdoarei a ti! E o que te confesso agora, nunca vou perdoá-lo! És tu, sim, és tu, sozinha, que deves pagar isso tudo, porque te encontrei por acaso, porque sou canalha, porque sou o mais sujo, o mais ridículo, o mais sórdido, o mais tolo, o mais invejoso de todos os vermes da terra. Eles não são nada melhores que eu, mas, sabe lá o diabo por que, nunca sentem vergonha, e eu vou levar piparotes de qualquer piolho, por toda a vida — esta é minha sina! Que me importa que não entendas nada disso! Que me importa, mas que diabo me importa como estás vivendo aí, se estás perdida ou não? Será que tu compreendes como vou odiá-la agora, depois de dizer essas coisas, por teres vindo aqui e por me teres ouvido? É que a gente só desembucha assim uma vez na vida, e isso se tiver um chilique!... O que mais queres? Por que é que continuas plantada aí, depois disso tudo, por que me torturas, por que é que não vais embora?

De súbito, sobreveio uma circunstância estranha.

Estava tão acostumado a perceber e imaginar tudo de modo livresco e a pensar que todas as coisas do mundo fossem tais como as tinha idealizado, anteriormente, em sonhos, que não entendi, no momento, essa circunstância estranha. Eis o que ocorreu: ofendida e esmagada por mim, Lisa compreendeu muito mais do que eu vinha imaginando. De todas as minhas falas ela deduziu aquilo que toda mulher compreenderia antes de qualquer coisa, se estivesse amando de verdade, a saber, que eu mesmo estava infeliz.

De início, um triste espanto substituiu, no seu rosto, a expressão de pavor e mágoa, e, quando eu comecei a chorar, rotulando-me de vilão e canalha (pronunciara toda a minha tirada com lágrimas), um espasmo contraiu-lhe todo o semblante. Lisa queria fazer-me parar de gritar e, por fim, não prestou atenção aos meus gritos — "Por que estás aqui? Por que é que não vais embora?" — e, sim, à dificuldade que eu mesmo teria tido em proferir isso tudo. Ademais, sendo pobre e oprimida, considerando-se infinitamente inferior a mim, ela nem sequer poderia ficar zangada ou magoada. De supetão, levantou-se, num pulo, de sua cadeira e estendeu-me os braços, movida por um impulso irreprimível, mas ainda acanhada, sem se atrever a dar o primeiro passo... Nesse instante, o meu coração também se revirou todo. Ela se achegou, correndo, a mim, abraçou-me o pescoço e ficou chorando. Tampouco aguentei, pondo-me a chorar como nunca em minha vida...

— Não me deixam... Não posso ser... bom! — custou-me dizer. Fui até o sofá, desabei nele de bruços, e solucei, por um quarto de hora, num verdadeiro acesso de histeria. Ela me abraçou e ficou imóvel, colada em mim nesse amplexo.

Porém a crise havia de passar, é nisso que consistia o problema. E eis que (escrevo aqui uma verdade abominável), prostrado no meu sofá, enfiando, bem fundo, o rosto no meu travesseiro de couro ruim, eu comecei, aos poucos, de longe, de modo involuntário, mas compulsivo, a sentir que estaria sem jeito de levantar agora a cabeça e olhar direto para os olhos de Lisa. Não sabia o que me deixava envergonhado, mas estava com vergonha. À minha cabeça transtornada, veio também a ideia de que os papéis teriam completamente mudado, que a heroína seria agora ela, e eu me transformaria naquela criatura humilhada e esmagada que ela mesma fora quatro dias antes, na noite de nosso encontro... E tudo isso me veio à mente ainda naqueles minutos em que estava deitado, de bruços, no meu sofá!

Meu Deus, teria então sentido inveja dela?

Não sei, até hoje não compreendo, e daquela feita compreendia, por certo, menos ainda que hoje. É que não consigo viver sem o poder tirânico sobre alguém... Mas... mas nada se explica com raciocínios; por conseguinte, sequer é preciso raciocinarmos.

Todavia me dominei e soergui a cabeça; precisava, no fim das contas, erguê-la em algum momento... Então — até hoje tenho a certeza de que isso aconteceu por ter sentido vergonha em olhar para ela! — no meu coração acendeu-se, de chofre, e explodiu outra sensação... a de domínio e posse. Peguei-a, com força, nas mãos; meus olhos brilhavam de desejo. Como a odiava e como me sentia atraído por ela, naquele momento! Um sentimento reforçava o outro. Aquilo parecia quase uma vingança!... No rosto dela surgiu, a princípio, uma espécie de perplexidade, mesmo de medo, mas só por um segundo. Ela me abraçou com júbilo e ardor.

X

Um quarto de hora depois, eu estava correndo, de lá para cá, pelo quarto, numa impaciência colérica, acercando-me, a cada instante, do tabique e olhando, através de uma fresta, para Lisa. Sentada no chão, ela pôs a cabeça na cama; talvez estivesse chorando. Contudo não ia embora, e isso aí me irritava. Dessa vez, ela sabia tudo. A ofensa, que lhe causara, era definitiva, mas... não vale a pena contar. Lisa adivinhara que o rasgo de minha paixão era, notadamente, uma vingança, uma nova humilhação, e que ao meu ódio recente e quase abstrato acabava de juntar-se meu ódio pessoal, proveniente da inveja por ela... De resto, não vou afirmar que ela compreendia tudo aquilo com nitidez; no entanto, teria plenamente compreendido que eu era um sujeito asqueroso e, o essencial, que não era capaz de amá-la.

Há quem me diga, eu sei, que é improvável, que é impossível ser tão maldoso e tolo quanto eu, acrescentando, talvez, que seria impossível não a amar ou, ao menos, não dar apreço ao amor dela. Por que é impossível? Primeiro, já não conseguia amar, porque o amor, eu repito, significava para mim uma tirania e um domínio moral. Em toda a minha vida, sequer chegara a imaginar outro tipo de amor, e até penso agora, por vezes, que o amor consiste, justamente, em recebermos do ente amado o direito de submetê-lo à tirania, direito esse concedido de boa vontade. Mesmo naqueles meus sonhos do subsolo, não imaginava outra espécie de amor, senão uma luta que sempre partia do ódio e resultava numa conquista moral, e depois nem podia imaginar o que faria com o objeto conquistado. E o que há de improvável nisso, se já me depravara, moralmente, a tal ponto e tanto me desabituara da "vida viva"[36] que acabava de exprobrar Lisa e apelar ao seu pundonor por ter vindo a minha casa para escutar "palavrinhas melosas"? Nem percebia, eu mesmo, que ela não tinha vindo para escutar aquelas palavrinhas melosas, e, sim, para me amar a mim, pois a ressurreição de uma mulher reside toda no amor, pois toda a sua salvação de qualquer abismo e toda a renascença dela não podem manifestar-se de outra forma, senão mediante o amor. Aliás, não a odiava tanto assim, quando percorria o quarto e vinha espiá-la pela fresta do tabique. Sentia apenas um peso insuportável por ela estar ali. Desejava que ela sumisse. Queria "sossego", queria ficar sozinho no meu subsolo. Por falta de hábito, essa "vida viva" me oprimia tanto que até respirar era difícil.

Passaram-se, no entanto, mais alguns minutos, mas ela não se movia, como que entorpecida. Tive a desfaçatez de batucar no tabique para lembrá-la... De súbito, ela estremeceu, levantou-se rapidamente e foi procurar o seu lenço, chapéu e casaco, precipitada, como se estivesse fugindo de mim... Ao cabo de dois minutos, saiu devagar, lá de trás do tabique, e lançou-me um olhar pesado. Sorri, malicioso — aliás, forcei-me a sorrir por conveniência — e afastei-me do seu olhar.

— Adeus — disse ela, dirigindo-se à porta.

De supetão, aproximei-me correndo dela, peguei sua mão, abri-a e coloquei... depois a fechei de novo. A seguir, virei-lhe depressa as costas e pulei para o outro canto, a fim de não ver, ao menos...

---

[36] Categoria filosófica difundida na literatura russa, ao longo do século XIX, que Dostoiévski entendia como "algo extremamente simples, o mais cotidiano e manifesto, próprio de cada dia e de cada minuto".

Queria agorinha mentir, escrevendo que fizera aquilo sem querer, inconsciente, perdido, por tolice. Contudo não quero mentir e, por isso, digo sinceramente que abri a mão dela e coloquei... por maldade. Tivera a ideia de fazê-lo, quando estava correndo, de lá para cá, pelo quarto e ela estava sentada detrás do tabique. Mas eis o que posso dizer com certeza: embora a tivesse feito adrede, aquela coisa cruel não viera do coração, e, sim, da minha cabeça abobada. Aquela crueldade era tão falsa, tão cerebral, tão proposital e livresca que nem eu mesmo a suportei, por um só minuto: primeiro me escondi num canto, para não ver, e depois fui correndo atrás de Lisa, cheio de vergonha e desespero. Puxei a porta da antessala e fiquei escutando.

— Lisa! Lisa! — gritei em direção à escada, mas sem coragem, a meia-voz...

Não houve resposta, mas pareceu-me que ouvia os passos dela nos degraus de baixo.

— Lisa! — gritei mais forte.

Nenhuma resposta. Porém, no mesmo instante, ouvi a porta envidraçada do prédio abrir-se, perra, com um guincho forçado, e logo se fechar com um estralo que se repercutiu pela escadaria.

Ela foi embora. Meditativo, retornei ao meu quarto. Sentia um peso horrível.

Parado rente da mesa, ao lado da cadeira em que ela estava sentada, olhava, sem pensar, para a frente. Passou-se um minuto, e de improviso estremeci todo, ao ver em cima da mesa, bem na minha frente... numa palavra, aquela amassada nota azul de cinco rublos que tinha enfiado, um minuto antes, na mão dela. Era aquela mesma nota e não podia ser outra, visto que não havia outras notas assim em minha casa. Então ela a teria jogado em cima da mesa naquele momento em que eu pulei para o canto.

Pois bem, já podia esperar que ela fizesse aquela coisa. Podia esperar mesmo? Não. Era tão egoísta, desrespeitava tanto as pessoas que, na verdade, nem sequer poderia imaginar que ela o faria. Não aguentei aquilo. Passado um instante, vesti-me, às pressas, pondo o que minhas mãos pegavam, e fui em disparada, feito um maluco, no seu encalço. Quando saí do prédio, ela estaria, quando muito, a uns duzentos passos.

A noite estava silenciosa, a neve caía espessa, de modo quase perpendicular, formando uma almofada sobre as calçadas da rua deserta.

Nenhum transeunte passava, nenhum som se ouvia. As lanternas cintilavam tristes e inúteis. Corri uns duzentos passos, até o cruzamento das ruas, e parei lá.

"Aonde ela foi e por que vou correndo atrás dela? Por quê? Cair na sua frente, chorar de arrependido, beijar os pés dela, implorar que me perdoe!" Queria aquilo mesmo, meu peito se dilacerava todo; jamais, oh, jamais lembraria aquele momento com indiferença. "Mas para quê? — pensei eu. — Será que não vou odiá-la, talvez amanhã mesmo, exatamente por ter beijado hoje seus pés? Será que lhe darei felicidade? Será que não soube hoje, de novo, pela centésima vez, o meu próprio valor? Será que não vou sacrificá-la?"

Imóvel no meio da neve, fitando a turva bruma, pensava nisso.

"E não seria melhor, não seria melhor — divagava mais tarde, já em casa, abafando com fantasias as vivas dores no coração —, não seria melhor, se ela levasse minha ofensa consigo, assim, para sempre? Essa ofensa... mas não seria uma catarse, a consciência mais cáustica e dolorosa? Amanhã mesmo, eu poluiria comigo a alma dela e cansaria o seu coração. E a ofensa não se quietará jamais nela; por mais abjeta que seja aquela sujeira que a espera, minha ofensa vai elevar e purificá-la... com ódio... hum... talvez, até mesmo com perdão... Aliás, ela terá alívio com tudo isso?"

E na realidade, eis-me fazendo agora, por minha parte, uma pergunta ociosa: o que seria melhor, uma felicidade pífia ou um sofrimento sublime? O que seria melhor, digam-me?

Era assim que cismava naquela noite, em minha casa, semimorto de dor espiritual. Jamais tinha suportado tanto sofrimento e contrição; porém, haveria a mínima dúvida, quando saía correndo do apartamento, de que acabasse parado no meio do caminho? Nunca mais encontraria Lisa nem ouviria falarem nada dela. Aí acrescento que fiquei, por muito tempo, contente com aquela frase sobre os proveitos da ofensa e do ódio, apesar de quase ter adoecido, então, de tristeza.

Ainda hoje, tantos anos depois, guardo uma lembrança muito ruim daquilo tudo. Guardo lembranças ruins de diversas coisas, mas... não está na hora de terminar, por aqui, meu "Diário"? Parece-me que, começando a escrevê-lo, cometi um erro. Pelo menos, tenho sentido vergonha, o tempo todo em que escrevia esta novela: quer dizer, não era mais a literatura, e, sim, uma medida corretiva. É que fazer, por exemplo, longas narrações de como desperdiçava a minha vida naquela degradação moral num cantinho, com a falta de espaço, o desábito do vivo e a vaidosa maldade do subsolo, não é, juro por Deus, interessante. O romance precisa de um herói, e aqui são reunidos, adrede, todos os traços de um anti-herói, e — o essencial — tudo isso produzirá uma impressão desagradabilíssima, já que nós nos desacostumamos todos da vida, estamos todos mancando, qualquer um de nós, mais ou menos. Desacostumamo-nos tanto que sentimos, por vezes, certo asco pela autêntica "vida viva" e, assim sendo, não toleramos alguém nos lembrar dela. Chegamos, inclusive, a considerar a autêntica "vida viva" quase um trabalho, quase um serviço, portanto reconhecemos todos, cá dentro, que a vida livresca é melhor. E por que nos agitamos, de vez em quando, por que enlouquecemos, o que pedimos? Não sabemos, nós mesmos, o quê. Nós mesmos pioraremos, se nossos pedidos loucos forem atendidos. Tentem, pois, deem-nos, por exemplo, mais independência, desamarrem os braços de qualquer um de nós, alarguem o círculo das atividades, afrouxem o controle, e nós... asseguro-lhes: nós pediremos logo para ficar, outra vez, controlados. Sei que os senhores talvez fiquem zangados comigo, por causa disso, fiquem gritando, batendo o pé: "Fale tão só de si mesmo e de suas misérias no subsolo, mas não se atreva a dizer 'todos nós'!" Licença, senhores, é que não me justifico com essa universalidade. No que diz respeito a mim, em pessoa, eu não fazia outra coisa, na minha vida, senão levar ao extremo aquilo que os senhores não têm ousado levar nem à metade, tomando, ainda por cima, sua covardia pela sensatez e consolando-se com esse engano. Dessa forma, talvez seja eu mais "vivo" que os senhores. Prestem mais atenção! Nem sequer sabemos onde o tal de vivo vive agora, nem o que é, nem como se chama. Deixem-nos sós, sem o livro, e logo nos confundiremos e perderemos, sem saber mais a quem aderir nem a quem seguir, o que amar ou odiar, o que respeitar ou desprezar. Até ser gente nos é complicado, quer dizer, ser pessoas com o seu próprio e verdadeiro corpo e sangue; sentimos vergonha disso, consideramos isso um opróbrio e procuramos ser uma extraordinária "gente em geral". Somos natimortos e, na verdade, não descendemos, já faz muito tempo, dos pais vivos, e isso nos agrada cada vez mais. Vimos tomando gosto. Inventaremos, daqui a pouco, algum meio de nascermos de uma ideia. Mas chega, não quero mais escrever "do Subsolo"...

Aliás, o "diário" desse paradoxista ainda não termina nisso. Ele não aguentou e levou-o adiante. Mas nós cá também achamos que podemos parar aqui.

SOBRE O TRADUTOR

Nascido na Bielorrússia em 1971 e radicado no Brasil desde 2005, Oleg Almeida é poeta, ensaísta e tradutor, sócio da União Brasileira de Escritores (UBE/São Paulo). Autor dos livros de poesia *Memórias dum hiperbóreo* (2008, Prêmio Internacional Il Convivio, Itália/2013), *Quarta-feira de Cinzas e outros poemas* (2011, Prêmio Literário Bunkyo, Brasil/2012), *Antologia cosmopolita* (2013) e *Desenhos a lápis* (2018), além de diversas traduções de clássicos das literaturas russa e francesa. Para a Editora Martin Claret, a par de *Diário do subsolo*, traduziu *O jogador, Crime e castigo, Memórias da Casa dos mortos, Humilhados e ofendidos, Noites brancas* e *O eterno marido*, de Dostoiévski, *Pequenas tragédias*, de Púchkin, *A morte de Ivan Ilitch e outras histórias* e *Anna Karênina*, de Tolstói, e *O esplim de Paris: pequenos poemas em prosa*, de Baudelaire, bem como uma extensa coletânea de contos russos.

© Copyright desta tradução: Editora Martin Claret Ltda., 2015.
Título original em russo: Записки из подполья.
Ano da primeira publicação: 1864.

Direção
MARTIN CLARET

Produção editorial
CAROLINA MARANI LIMA / MAYARA ZUCHELI

Direção de arte
JOSÉ DUARTE T. DE CASTRO

Diagramação
GIOVANA QUADROTTI

Ilustração de capa e guardas
JULIO CESAR CARVALHO

Tradução e notas
OLEG ALMEIDA

Revisão
REGINA MACHADO / PEDRO BARALDI

Impressão e acabamento
GEOGRÁFICA EDITORA

A ortografia deste livro segue o novo Acordo Ortográfico da Língua Portuguesa.

Dados Internacionais de Catalogação na Publicação (CIP)
(Câmara Brasileira do Livro, SP, Brasil)

Dostoiévski, Fiódor, 1821-1881.
Diário do subsolo / Fiódor Dostoiévski; tradução e notas: Oleg Almeida. – 1. ed. – São Paulo: Martin Claret, 2021.

Título original: Записки из подполья.
ISBN 978-65-5910-024-8

1. Ficção russa I. Almeida, Oleg. II. Título.

21-56993   CDD-891.7

Índices para catálogo sistemático:

1. Ficção: Literatura russa   891.7
Maria Alice Ferreira – Bibliotecária – CRB-8/7964

EDITORA MARTIN CLARET LTDA.
Rua Alegrete, 62 — Bairro Sumaré — CEP: 01254-010 — São Paulo — SP
Tel.: (11) 3672-8144
www.martinclaret.com.br
Impresso – 2021

CONTINUE COM A GENTE!

- Editora Martin Claret
- editoramartinclaret
- @EdMartinClaret
- www.martinclaret.com.br

IMPRESSO EM PAPEL
Pólen
mais prazer em ler